TAKE
SHOBO

# 麗しの公爵の蜜愛の箱庭

## 友達だった彼が夫になったあとで


藍杜 雫

*Illustration*
なま




蜜猫
MitsuNeko

*contents*

イラスト／なま

# 麗しの公爵の蜜愛の箱庭

友達だった彼が夫になったあとで

# プロローグ　彼はいつも静かな陰のなかにいて

寡黙な人が好きだった。

図書館でちょっとした会話を交わす彼は学内では有名人で、友だちになれただけでうれしかった。

レポートを作るときに協同作業をしたり、フィールドワークで同じグループになったり。

「やぁ、エレン。経済学のレポートはもう出した？」

古めかしい大学の講堂に足を踏み入れると、彼は目ざとくエレンを見つけて、そんなふうに声をかけてくるのだ。

彼の得意な科目は数学なのに、経済となると、なぜか苦手になるようで、エレンはよくレポートの手助けをしていた。

大学生活の思い出のあちこちに顔を出す彼。

黙っているときは彫像のように整った美貌が、笑った途端、近寄りがたい雰囲気が薄らいで、人懐こい印象に変わる。

ラグナート・フレデリック・ラムゼイ。

彼は、エレンにとって、友だち以外の何者でもなかった。

もちろん、結婚相手として見たこともない。

もちろん、と言い切ってしまう理由のなかには、彼の持つさまざまな身分に対する気後れもあった。

ラムゼイ公爵であると同時に、インドの藩王《はんおう》でもあった彼は学院では異端の存在だった。

その肌の色と出自とともに。

褐色の肌に漆黒の髪。白いシェルワーニーを纏《まと》っていると、ただでさえ整っていた彼の相貌がなおさら魅力的に見えた。

図書室の奥まった本棚の暗がりに佇《たたず》んでいる彼は、影そのもの、あるいは沈黙そのもののようだった。

物音がしないのに彼の気配がするとき、大抵は本棚と本棚の間の、人目につかないところにいるのだ。

そんな彼を見つけては、難しい顔をして頁《ページ》をめくる横顔を眺めるのがエレンは好きだった。

自分も本をめくる振りをしながら、いつまでもこっそりと眺めていたものだった。

エレンの目には、いつもいつも彼の彫像のような容姿が眩《まぶ》しくて、まるで二十カラットのダイヤモンドがついた宝冠のように手の届かない存在だった。

だからこそ、友だちという立場でさえありがたくて、言葉を交わせることに満足していた。

エレンは数少ない彼の親しい友人という立場を存分に満喫していたし、それゆえにほかの学友から嫉妬されていることも知っていた。

特に、彼ともっと親しくなりたい女学生からは標的にされていた。

ラグナートはその美しい容姿と身分のせいで、女性にとてももてはやされていたからだ。

美しいといっても、女性のようなたおやかな優美さとは違う。寸分違いなく、黄金律を再現して作られたギリシャ彫刻のような美しさだ。

整った顔立ちだけが女性の目を惹《ひ》きつけたわけではない。

彼は他のたいていの学友より背が高く、肩幅が大きかった。それでいて、拳闘士《けんとうし》のように筋骨隆々としているわけではなく、ただ自然に堂々とした体格をしていた。

異国情緒漂う美丈夫。莫大な財産。ふたつの国で通用する高貴な身分。

どれひとつとっても、結婚を控えた娘たちにとっては極上の獲物に見えており、彼を狙う令嬢にとって、エレンは邪魔者であり、あるいは彼の窓口として見られているようだった。

彼宛の手紙を何度頼まれたことか。

十二回までは数えていたけれど、途中からは馬鹿馬鹿しくなってやめてしまった。

それぐらい頻繁に、手紙を頼まれていたからだ。

「君はまるで、メッセンジャーのようだね」

とラグナートに呆《あき》れられたこともある。

そんなとき、エレンはいつも友だちの立場を気楽に盾にしたものだった。

「あら、友だちに将来のお嫁さんを紹介してあげたんじゃないの」

それは半ば本心で、半ばエレンの心を守るための言葉だった。

エレンは仮にもイギリスの貴族の末端にいて、自分より身分の高い令嬢たちの手紙を断れば、自分の学内での立場が悪くなるのをわかっていた。

だから、手紙を渡すのだけは断らない。

そして、ラグナートも面倒だろうに、エレンの立場を慮《おもんぱか》って、手紙だけは受けとってくれた。

あとで断りの手紙を出していたようだから、手間をとらせて申し訳ないとは思っていたのだが。

エレンは奨学金をもらって大学に行っていたが、多くの令嬢は社交界で結婚相手を見つけるのと同じような理由で大学に通っていた。

近頃では、少しばかり貴族の令嬢の結婚年齢も高くなり、大学に通うのが流行していたのだ。

それでいて、いまだに厳然と、結婚は家同士の結びつき以外の何者でもなかった。

「そういえば、バートン伯爵令嬢は大学を辞めて、結婚するそうだね」

そんな会話をすることも少なくない。

彼女たちの多くは望むと望まないとにかかわらず、結婚が決まると大学を辞めていくのだ。

それで、大学の役目を果たしたと言わんばかりに。

学内では当たり前だったからだろうか。

ラグナートとエレンは、誰かの結婚についてよく話をしたように思う。

結婚相手として見ていないのに、話はするというのは奇妙かもしれない。

でも、彼にしても、エレンのことを友だちとして見ていたからこそ、気軽に結婚についてのあれこれの話ができたのだろうと思っていた。

# 第一章　友だちからのプロポーズは冗談めいて

結婚についてつらつらと思い起こしてみると、そういえば、と言わんばかりに脳裡《のうり》に場面がよみがえる。

（そういえば一度だけ、あったわ……）

彼から求婚めいた言葉をかけられたことが。

あれは珍しく、女子学生ではなくて、男子学生のひとりが結婚で大学を辞めるという話が流れてきたときだった。

「ジェームズも可哀想《かわいそう》に。あんなに大学に残りたがっていたのに」

噂《うわさ》を聞いたエレンはさも残念そうに感想を述べた。

心から可哀想に思っていたわけではない。

それでも形ばかりの同情を寄せるくらいには、ジェームズとは言葉を交わしたことがあった。

伯爵家の跡継ぎたる彼は、茶色の髪を襟足で揃《そろ》え、いつも黒のジャケットを着ていた。

彼の縦長の顔立ちとわずかにそばかすが残る白い肌は、この国の貴族の典型と言えた。

貴族は血筋を尊ぶから、典型的な特徴を持つと言うことは、それだけ高位の貴族だという証《あかし》でもある。

だから、いなくなることを淋《さび》しいと思っても、彼の境遇を可哀想だとは思えない。

エレンの同情は干涸《ひか》らびた沼のように乾ききっており、一滴の涙も出てこないのだった。

同情というのは結局のところ、優越感の裏返しだ。

いつも同じドレスを着ているエレンを見て、「奨学生って大変なのね」と別の誰かが言うとき、その偽善めいた言葉の影には、自分の新しいドレスに対する優越感が隠されている。

それでも、形ばかりの同情の演技をするのが、貴族社会の様式美というものだ。

大学生活を過ごすうちに、エレンは自分より有力な貴族たちの機嫌を損ねない振る舞いを習得していた。

しかし、心の裡《うち》では、同情など欠片《かけら》もしていないのを見抜かれたのだろう。

ラグナートはくすくすと口元を押さえて、堪えきれないとばかりにおかしそうに笑った。

こんなふうに笑う姿は、珍しい。

彼の形のいい唇が口角を上げている様《さま》に目を奪われてしまう。

「な、なに？　わたしなにか変なことでも言った？」

自分で言うのもなんだが、それなりによくできた演技だったはずだ。

笑われる要素はないと思ったのに。

そんな心境さえ透けて見えていたのだろうか。ラグナートはエレンを見て、少しだけ困ったようにまた笑った。

「ああ……そうだね。笑ってすまない。でも、可笑《おか》しくて……君がまったく可哀想に思ってもいないのに、ジェームズに同情する素振りをするものだから……」

「なっ、ラグナートひどい！　わ、わたしは本当に……」

図星をつかれて、とっさに頬《ほお》が紅《あか》くなる。

それでいて、口は勝手にもっともらし言い訳を言おうとしていた。

ラグナートは多分わざとそう言ったのだ。

思い返してみれば、その意味がよくわかる。

エレンのよくできた演技を見破るぐらいにはラグナートはエレンをよく観察していたし、見破ったことを告げてもいいだろうと判断するぐらいには、お互いに親しかったということだ。

「本当に？　心からジェームズに同情していた？」

心の底を見透かされているように重ねて問われる。

同情する素振りが偽善だと、ほかの誰よりも、ラグナートに見透かされたのがいたたまれない。

彼に嫌われたくなかったからだ。

それでいて、このときのエレンは開き直ってもいた。

「……いじわるね。ラグナート……わかってるでしょう？　ジェームズは伯爵家の御曹司だもの。大学で研究するよりも領地の運営を学ぶほうを優先して当然だわ」

同じように結婚していなくなるのでも、その意味はエレンとは違う。

「伯爵家にとって跡継ぎの結婚というのは晴れやかな出来事じゃなくて？」

本当はもっと学びたいことがあったなどという、個人的な感情を切り捨ててしまえば、否定的な要素は少ないはずだ。

エレンからすれば、ジェームズの嘆きは余裕あるものの自慢みたいなものだ。

どこに同情する余地があるというのだろう。

そんな素振りを見せるだけでも、十分褒めて欲しいぐらいだ。

自分自身の悲観的な未来は受け入れているはずなのに、自分よりも恵まれた人から同情を求められると、心が軋《きし》んだ音を立てる。エレンをエレンたらしめているなにかが粉々に砕けて、真っ黒ななにかに呑《の》みこまれてしまいそうになる。

エレンがラグナートといるときに話題を選んでいるのもそのせいだ。

ラグナートの浅黒い肌の色や堂々とした体躯《たいく》のように、明らかに目に見える違いというのはまだいい。

彼の整った顔立ちと比べて、自分の容姿が平々凡々なことは誰の目にもわかることで、エレン自身も素直に受け入れている。

それと比べれば、お金と身分というのは、非情に性質《たち》が悪い。

彼がインドの領地に鉱山を持っている一方で、エレンの家が困窮していることは、一見しただけでは伝わらない。

だからこそ、エレンは言いたくなかった。

友だちという神聖な関わりに、お金と身分を持ちこみたくなかったのだ。

それでいて、お金と身分というものは、単なる劣等感で終わらない。

エレン自身にもどうにもできないそれは、学内の廊下を歩くときの影にも、よく訪れる図書室の物陰にも、あるいは本を開いたときに机に落ちる影にも、いつもいつもついて回っていた。

どんなに見ないふりをしようとしても、どんなに口にしないようにしても、それは常に背後にいて、エレンを見張っているのだ。

それが潜む陰を意識するとき、エレンの体は冷たくなり、学内の温かく居心地がいいサロンではなく、実家の火が入っていない暖炉の前にいる。

どうやったら冬を越すだけの石炭と薪《まき》を調達できるだろうと、ため息をついては、憂鬱に沈むのだ。

真夏だというのに、エレンがぐるりと身を震わせたのに気づいたのだろう。

ラグナートがすうっと視線を鋭くして、エレンを見た。

まるでエレンの心の葛藤を見透かすような視線だ。

自分に非がある者がよくするように、エレンはその視線から顔を背けるしかなかった。

他人に気づかれたら、また陰に潜むものに追いつかれてしまう。

もっと大学で勉強したいというジェームズに同情する素振りをして、伯爵家の御曹司の結婚をひそかに妬《ねた》んでいる。

そんな浅ましい自分をラグナートに見られたくなかった。

しかし、意外なことに、ラグナートはエレンの拗《ねじ》くれた感情を見透かしたわけではないらしい。まるで慰めるように、エレンの肩に軽く手を置いて、

「エレンのそういう辛辣なところ、僕は嫌いじゃないよ」

そう言ったのだ。

(辛辣なところって……なに!?)

予想外の反応にほっとした一方で、かぁっと頭に血が上る。

自覚があるだけに、ぐっと言葉に詰まった。

でも、彼の言葉で楽にもなった。

どうしてだろう。エレンが背後の影にとり憑《つ》かれそうになると、ラグナートはいつもその瞬間を見計らったかのように、声をかけて来るのだ。

まるで、エレンが昏い影に囚《とら》われそうになる瞬間を知っているかのように。

しかし、現実に呼び戻され、何気ない声をかけられたことで、拗くれていた心がわずかに解けた。

ラグナートの前では、変に自分をとり繕わなくてもいい──そう言われた気がしたのだ。

咳払《せきばら》いをひとつして、昏い影に囚われそうだった自分を忘れ去る。

「……それはどうも。誉《ほ》め言葉だと思って、ありがたく受けとっておくわ」

「褒め言葉だよ。嫌いじゃないんだから」

照れ隠しに、わざと突き放した物言いになってしまう。なのに、それさえ見透かされているのだから居心地が悪い。いや、居心地がよすぎて居心地が悪く感じてしまうのかもしれない。

ラグナートの友だちという居場所をエレンは愛していた。自分で自覚している以上に。

「ジェームズの気持ちもわかるのよ？　わたしだって、そのうち成績が落ちて奨学金をもらえなくなるかわからないし……いつ家に連れ戻されるかわからないし……」

どちらかと言えば、奨学金よりも家の都合のほうがありえそうな具合だ。

自分の力では回避できないそれ。いつ来るかわからない死の宣告——自由な学生生活の終わりに怯《おび》えている。

(ああ……まただ。また、影に追いつかれてしまった……)

どんなに考えないようにしても、エレンの背後にぴったりとそれは潜んでいて、隙を見せればすぐにエレンを呑みこもうとしている。

すぅっと、エレンの緑の瞳から光が消えて、虚《うつ》ろに変わろうとしたとき、

「エレンにも結婚の話があるのか？」

意外そうな声が、エレンに襲いかかっていた影をさっと追い払った。

「え？　ええ……一応……多分」

「一応、多分の結婚話ってどんなものだ？」

今度は本当にわからない顔をされたので、エレンも詳細を説明せずにはいられなかった。首を傾《かし》げたラグナートの顔がいつになくかわいく見えたせいかもしれない。

「多分っていうのはつまり……年がうんと上の人とか、爵位が欲しい大陸のお金持ちとかがお金でわたしを買ってくれないかと父が探しているってことよ。だから、一応の結婚話」

普通の結婚はできない人が、若い花嫁を金で買う。

大昔の奴隷に等しい取引だ。

違うのは、持参金という名目にしてしまえば、合法で、晴れやかな形に見えるというところか。花嫁以外には、という注釈付きにはなるが。

「金で……エレンを、買う？」

公爵家の御曹司で、藩王の位も約束されている、ラグナートは想像もしたことがないのだろう。

この国では、破産した貴族の娘をはじめとして、様々な家で父親の命令という名の下に、娘たちがよく売り買いされていることを。

「性格がまともなら、まだ大陸の金持ちのほうがましね。偏屈で評判が悪い貴族の老人に嫁がされるよりは。父が同じ考えだとは思わないけど」

残念ながら、希望はきっと叶《かな》わない。

エレンの父親は保守的な貴族主義で、だからこそ伝統にしがみついて没落したのだ。

女王陛下の統治の下、英国がかつてない繁栄を謳歌《おうか》している一方、爵位にかかわらず、零落していく貴族が数多くいた。

コリッジ家もそのひとつだ。

どんなに事業に失敗しようとも考えを改めようとせず、コリッジ家は男爵とはいえ、一角《ひとかど》の貴族なのだということが父親にとってのすべてだった。

「それが……エレンが家に戻される理由なのか？」

静かな声で問われて、はっと物思いから我に返る。

「え、ええ……そうなるでしょうね……」

自分とは立場が違うラグナートとするような話ではなかったと少しだけ後悔する。でも、このときは、いつになく話しておきたい気分だったのだ。

ある日突然、エレンが大学を去るときには、ラグナートとの友情も終わってしまうかもしれない。

それはそんなに遠い日ではない。

日を追うごとにそんな予感が差し迫っていたからだろう。

ふぅっと遠くを見つめたエレンに、なにを思ったのか。

ラグナートが唐突なことを言い出した。

そう、なんの前置きも、甘やかな雰囲気もなく、本当にいま思いついたというふうに。

「どんな結婚相手でもいいというなら、僕と結婚するというのはどうだろう？」

世間話の続きのような口振りに、うっかり「そうね……」とぼんやりした返事をしそうになった。

しかし、舌先で転がすように、意味のない相槌《あいづち》が出そうになる前に、はっと我に返る。

（い、いま……なんて言った？　『僕と結婚するというのはどうだろう？』って……どういう意味？）

このとき、なぜ素直にうなずかなかったのか。

エレンはさんざん後悔することになる。

嘘《うそ》でもいいし、ダメで元々だった。

冗談だと言われれば、そのときにごまかせばいい話だったのに。

そのときのエレンの心は頑《かたく》なで、友だちから同情されたことで、頭に血が上っていた。

まるで辱めを受けたような心地になったのは、友だちとの世界には、身分と金銭の問題を切り離しておきたいという、青臭い潔癖さをエレンが抱いていたからだ。

これまでラグナートとの友情は、そのふたつの問題と無縁のところで育んできたと思ったのに、裏切られたとさえ思ってしまった。

なのに、エレンがなにに衝撃を受けているのかも気づいていないのだろう。ラグナートは、またしてもさりげない口調で続けた。

「エレン？　お互い独身だし、婚約者もいない。気心も知れているから、悪い話ではないと思うのだが……」

レポートの題材を提案するときと同じ調子で言われ、それもまたエレンの心に突き刺さっていた。

自分でも勝手だとわかっていたが、もっとロマンティックな雰囲気で言われたのだったら、少しは違う受け止め方もできたと思うのだ。

友だちとしては、それもどうかと思うのに。

そもそも、人というのは、一緒にいる人に合わせて、仮面をつけ替えながら生きている。

教授に対しての、よい学生の見本のような仮面。

身分が高い人に対する、下級貴族としての仮面。

そして、お互いに対等に接する友だちとしての仮面。

普段のエレンは、ラグナートに対しては、安全に下級貴族としての仮面をつけようとする自分を抑え、友だちの仮面をつけるように努めていた。

けれどもいま、ジェームズに対して抱いていた劣等感とラグナートは友だちだという建前とが、目まぐるしく渦巻いて、自分がどの仮面をつけていたのか、とっさに見失っていた。

そこに唐突な求婚を受けたものだから、なおさら、どんな顔をしたらいいかわからなくなったのだ。

なにか言おうと口を開いたとき、すっと自分のなかに落ちてきたのが、いつもの友だちの仮面だった。

それが一番、ラグナートの前ではよく被《かぶ》る仮面だったからだ。

「その……ごめんなさい。わたし、そんなに落ちこんでいたかしら？」

「え？」

そのときのエレンは、それが正しい選択だと思っていた。

ラグナートがよく聞こえないとばかりに怪訝《けげん》そうな表情をしたときも。

「慰めてくれたんでしょう？　ありがとう、ラグナート。でも、諦めているし、口で言うほど恨んでもいないの。この話はもう終わりにしましょう」

そう早口に言い切ると、彼の返事も待たずにくるりと踵《きびす》を返して、その場をあとにしてしまった。

エレンは怖かったのだ。

もしラグナートから、求婚が冗談だと言われた瞬間、自分はどんなに絶望に陥るだろう。

それを想像するくらいなら、初めから期待しないほうがましだ。

初めからなかったことにしておけば、傷つくこともない。

自分の心を守るあまり、ラグナートがどんな表情をしていたのか気づく余裕もなかった。

そのときの行き違いは、このあと、エレンの身の上に降りかかることと確かに繋《つな》がっていたというのに、そのささやかな予兆を感じとることはできなかった。

財産もあり、それなりに名の知られた貴族の子弟である同級生に話しても、きっとわかってもらえなかっただろう。

卑屈な気持ちをどんなに抑えようとしても、靴や鞄《かばん》、ちょっとした持ち物や会話——休暇には、外国の湖畔の別荘に出かけるといった自慢を目の当たりにするとき、エレンと彼らの差は歴然としていた。

それでいて、古い因習に縛られてもいるというのだから、大学で勉学を学ぶことさえ、エレンにとっては青天《せいてん》の霹靂《へきれき》に等しい挑戦だった。

助言してくれた父親の友人には、どんなに感謝してもしきれない。

エレンの父親、チャールズ・コリッジという人は、自分の信じる伝統とともに心中してしまいそうな人だった。

たとえば、ラグナートの身分や裕福な財産をエレンの親は、喉から手が出るほど欲しがるだろう。

その一方で、彼に異国の血が混じっていることをよしとしない頑なさに囚われていた。

保守的な父親は、昔ながらの領地運営と代々引き継いできた爵位こそがすべてで、その純粋さを損なうなにかは、どんなに望ましいものであっても受け入れてくれないのだ。

大学にいるときのエレンは、レポートの上でなら、革新的な考察に共感できる。

でも、ひとたび家に関わることになると、別だ。

特に結婚のような、父親に決定権がある事柄になると、父親の考えで是非を考えずにはいられなかった。

それが多くの、後継ぎの権利を持たない貴族令嬢の、当然のありようだったのだ。

いまだに、貴族の娘にとって結婚とは親や親戚が決めるもので、自分の感情を満たすものではなかった。

エレンは恐れていた。

大学で経済学を学んでいたのは、傾いていた家の財政を立て直したい一心だったが、家計は苦しくなる一方だったからだ。

図書室でラグナートと囁《ささや》き声で会話をする幸せな時間は、すぐに終わる。

——その日は、思っていたよりも唐突にやってきた。

授業が終わって寮に戻ってきたところで、『すぐに家に帰って来るように』という親からの緊急の電報を受けとったのだ。

（ああ……とうとう自分の番が来たのか……）

なんの感慨もなく部屋に戻り、ベッドの上に腰掛けたエレンは、まだ悲観的ですらなかった。

困窮した家計を知っていただけに、ラグナートを慕う令嬢たちのような、結婚への初々しい憧れをとっくに捨て去っていたのだ。

願うことと言えば、せめて、あまりひどい相手でないといいということくらいだった。

（お父さまは嫌がるだろうけど、大陸の商人ならまだいいわ……旦那様が商人なら、わたしの経済学の知識を役立てることができるかもしれないし）

そんなふうに考えてもいた。

この国では、伝統と身分は依然として強く、そして深く、土地とその住人の心に刻みこまれており、誰も逃れられない鉄の縛《いまし》めのようだった。

その縛《いまし》めに囚われた学友のなかには、大陸の商人を蛇蝎《だかつ》のごとく嫌う者もいたから、そのささやかな希望を口にしたことはない。でも、エレンは古い因習に囚われたこの国にやってくる外国の人に、ひそかに尊敬の念を抱いていた。

「すぐって……どれくらいすぐかしら？」

電報が着くころに併せて、使用人を寄越《よこ》しているかもしれない。

エレンが逃げ出さないように、それぐらいの手配はしていて不思議はなかった。

（荷物を早くまとめなくては……それに）

――ラグナートにお別れを言いに行くべきだろうか。

四階にある自室に戻るために、ゆるやかな弧を描く階段の手摺《てす》りに手をかけたときだ。

「あら、エレン。ちょうどよかったわ。これ……週末に開くパーティの招待状なの。ラグナートに届けてくれない？　彼を連れてきてくれたら、あなたも参加していいわ」

涼やかな声に呼び止められた。

はっ、と顔を上げれば、階段の上からフリルたっぷりの愛らしいドレスを揺らしながら、学友のケイトリンが降りて来るところだった。

侯爵令嬢の彼女は王族の血縁で、女学生の女王のような存在だ。

当然のように、エレンはケイトリンから様々な命令をされていて、まるで使用人のような扱いを受けていた。

特に、ラグナートが彼女の思いどおりにならないのが面白くないらしく、自分たちのソサエティに彼を参加させようと、躍起《やっき》になっていたのだ。

でも、その関係ももう終わりだ。

エレンはわざと一度、招待状を受けとり、宛名をちらりと見たあとで、すぐさま彼女に突き返した。その瞬間の、ケイトリンの愛らしい顔に浮かんだ憤怒の表情を、エレンは忘れることはないだろう。

ざまあみろ、だわ。

きっとこれが、エレンの生涯で最後の痛快な出来事になるのだと思いながら、エレンはケイトリンに微笑《ほほえ》んで見せた。

「ごめんなさい、ケイトリン。わたし、急に家に戻ることになったの。だから、この招待状はあなたからラグナートに渡してくださる？」

物言いだけは出来るかぎり、丁寧な口調を心がけたが、心の裡に秘めていた邪念が滲《にじ》み出ていたらしい。

ケイトリンは真っ赤な顔で反論してきた。

「なんですって⁉　私の命令が聞けないっていうの？」

驚くほどありきたりな脅しの台詞《せりふ》を吐かれ、本当に大学で一緒に学んでいるのかと呆れてしまう。

可笑しくて可笑しくて……同時に、じわりと目頭が熱くなった。

こんなくだらない仕返しもこれが最後だ。

顔を見られないように、彼女の横をすり抜けて足早に階段を上りはじめたところで、

「あとで覚えてなさいよ！」

そんな捨《す》て台詞《ぜりふ》が追いかけてきたのさえ、奇妙に心を揺さぶった。

（招待状を受けとって、ラグナートに会いに行けばよかった……）

そんなふうに思ったけれど、もう遅い。

少ないながらも三年過ごした部屋の荷物を徹夜で整理した翌朝、エレンの予想したとおり、電報の到着に併せて、使用人が大学を訪れた。

彼に見張られるようにして、エレンは楽園のような大学を去るしかなかった。

† † †

汽車と馬車を乗り継いで、ヒースばかりが目立つ土地に戻ってきたのは、四日後だ。途中で汽車が遅れて乗り継ぎができず、一日遅くなってしまった。

しかし、それから自分の身に降りかかったことを考えれば、ささいなことだと言える。

コリッジ家の領地屋敷は外側だけは立派だけれど、なかの手入れは行き届いていない。荒れた庭を抜け、エントランスに入ったところに漂う静けさは、まるで幽霊屋敷のようだった。

実家に戻った途端、母親はエレンの顔を見ていられないとばかりに奥に引っこみ、父親は陰鬱な顔でエレンを書斎に呼び出した。

「エレン……すまない。我が家の債務が膨《ふく》らみすぎて、もう利子を払うこともできない……」

そう言って書類をエレンに向かって差し出した。

――『借金の返済が滞《とどこお》った際には、借金のカタとして、エレン・コリッジの身柄を差し出すこと』

借用書にはそんな一文が書かれている。

本当に驚いたり、絶望したときには、悲鳴を上げたり泣き出したりするより前に、ただただ心が凍りつくのだと、このときエレンは実感した。

まさかと思った。少なくとも、結婚という体裁ぐらいは娘に整えてくれる温情を持ち合わせているだろうと、父親に淡い期待を抱いていた。

（お父さまがここまでわたしをどうでもいいと思っていたなんて……）

――ひどい。信じられない裏切りだわ。

叫びだしたい衝動をエレンはすんでのところで堪えた。

いま、悲嘆にくれたところで、それでなにが変わるわけでもない。

（本当は、いつかこうなるとわかっていたはずでしょう？）

末端貴族の令嬢の行く末なんてたかが知れている。

自分にふさわしい未来が来ただけなのに、絶望するほうがおかしい。

「そう……ですか……」

返事をした声は、自分でも驚いたことにかすかに掠《かす》れていた。父親はエレンの動揺に気づいたのかどうか。

「ほかに方法がなかったんだ……すまない、エレン。もう金を借りる宛てもなくて……」

申し訳なさそうに絞り出した彼の声は、しかし奇妙に落ち着いてもいた。

そのときに、ああ、とエレンは理解した。

娘を売り渡すための演技だ、と。

父親にとって大事なのは家を継ぐ弟だけで、エレンは弟になにかあったときのスペアに過ぎない。あるいは弟を活《い》かすための薪《まき》か。

弟という火が消えそうになったら、犠牲にするために育てていたのだろう。

つまり、父親の沈痛な顔は、エレンが大学を去るジェームズに向けたものと同じ。形ばかりは悲しんでみせないと非難されるに違いないと、偽善を粧《よそお》っているのだ。

それでも、仕方ないという声がエレンのなかで聞こえた。

悲嘆に暮れるでもなく、怒り出すのでもなく。

（心を失くした人形のように……感情をすべて凍りつかせてしまえばいい……）

逆に言えば、そうでもしないと心が壊れてしまいそうだった。

（怖い……わたしは……これからどうなってしまうの？）

自分の行く末を想像することさえ、心が拒否している。

不吉なことを考えれば考えるほど、もっと最悪なことが起きる気がして、頭に錠《じょう》がかかったように、そこで思考が止まるのだ。

弟のディオンが学校の寮に行っていて、いないのだけが残念だった。彼とは本当に仲がいい姉弟だったからだ。

（多分、ディオンとももう会うこともないのね……）

感傷は大学に置いてきたと思ったのに、欠片くらいはエレンのなかに残っていたようだ。

久しぶりに戻った自分の部屋は、すっかりと生気を失って抜け殻のようになった場所だった。それでいて、ただベッドのシーツだけがきちんと新しいものになっており、そのちぐはぐさが奇妙に可笑しい。

幽霊屋敷のようだと思ったのに、まだ使用人が機能していることに驚く。

しかし、エレンが実家に戻ったら、すぐに知らせる手配になっていたのだろう。

二日ほど無気力に過ごしただけで、エレンは『メゾン・ド・ピアジェ』という店から来た主人に引きとられたのだった。

# 第二章　気をつけて、仮面をつけた客は訳ありだから

「もう少し愛想を良くしたほうが客がつくぞ」

店の主人はエレンを品定めすると、そんな助言めいたことを言った。

大きな髭《ひげ》を生やした痩せた男で、黒いフロックコートを着て、見かけだけは洒落《しやれ》たつもりなのだろう。しかし、他人をじろじろと観察する目つきには胡散臭《うさんくさ》さが滲み出ている。

まるで遠くの牧場からやってきて市場から市場へ渡り歩く家畜のようだ。

大学のあった地方都市から実家のある僻地《へきち》へ。そして今度は、娼館を必要とする大都市へと向かうなんて。

それでいて、エレンの境遇は大して変わっていない気もした。

これまでは学内のカーストの上層にいた者たちへ向けていた気遣いを、今度は客に使えということだろう。

（それならきっとどうにかやれるわ……生きていけるはず）

偽善の演技と同じようなものだ。

心のなかで違う感情を抱きながら、相手の望むように振る舞う。それは下級貴族という中途半端な立場で生きてきたエレンにとって、息をするのと同じことだ。

大丈夫。自分はそうやってこれまでも生きてきた。

なにも望まない。なにも主張しない。

（傷つくのは希望や期待を持つからでしょう、エレン？　それはわたしよりもっと恵まれた者だけの特権だわ……）

光を知らずに育った深海魚が、自分の住み処《すか》に日射《ひざ》しがないと嘆くだろうか。

初めから存在しないものを強請《ねだ》ったりしない。

これは末端貴族の娘としてはありがちな結末。

大仰《おおぎょう》に嘆くほどのこともない。

気がつけばすぐにざわつきそうになる心を、エレンは必死に抑えた。

（主人が目を離した隙に、逃げだせないかしら……）

一瞬だけそんな、野望めいた考えが浮かび、ちらりと男の挙動を確認してしまった。けれども、次の瞬間には弟の顔が過ぎり、踏み出しそうになった足を留める。

（ディオンを路頭に迷わせるわけにはいかないでしょう？）

父親の失態を自分が引き受けなければ、今度は弟が困るだろう。弟を大事に思う気持ちが、逃げ出したい気持ちに最後には勝ち、エレンは主人についていくしかなかった。

汽車と馬車に揺られて旅する間、代わり映えのない牧草地帯を見つめるエレンの瞳は、いつも自分の陰に潜んでいた昏いものしか映していなかった。

連れてこられたのは、大きな屋敷だ。

（貴族のお屋敷かしら？　まさかね……）

エレンが見間違うほど、大都市の郊外に建つ貴族の屋敷によく似ている。もっとけばけばしい装飾が出迎えると思っていただけに、アプローチで馬車を降りたエレンはなにかの間違いだろうかと思ったほどだ。

「うちは街中の安娼館とは違うんだよ。お偉い貴族のなかには出入りを人に見られたくない者もいるからね」

招かれるように入っていったエントランスも、想像していたよりずっと立派だ。大きさはエレンの家より小さいかも知れないが、明るく清潔に見える。

古代ギリシャ風の柱に、翼を持つライオンの彫像といったものまで、白で統一してある。

店の名前が隣国風なのは、それが洒落た印象を与えるからか。あるいは、異国のいいところだけを切りとったごちゃまぜの趣味が流行《はや》っているからかもしれない。

一見した印象は明るいが、趣味がいいと言うよりは、伝統を持たない成金趣味のようにも見えた。

（いったい、わたしはいくらで売られたのだろう……）

自分の見た目に価値があるとは思えない。

何人もいる女性と比べた上で、自分を買ってくれる客なんているのだろうか。

そんな気後れが顔に出ていたのだろう。

主人は、飾り気のないエレンの身なりを頭の先から爪先までを眺めたあとで、こう言った。

「爵位を持たない金持ちは、没落貴族の娘を買いたがるから、どうにか仕事はあるだろうよ」

その矛盾した言葉は、どこかしら不穏に聞こえた。

しかし、エレンが怯えていることなど気にされていないようだ。主人は奥のサロンに向かって叫んだ。

「おーい、ロクサーヌ。この娘に少しはましなドレスを見繕ってやってくれ。化粧も忘れずにな」

主人のあとについてサロンに入っていくと、そこには客を待つ女たちがしどけなく座っていた。

胸の谷間を強調するようにコルセットを締め上げ、肩を露《あら》わにしたドレスを纏っている。

顔を上げた、水色のドレスの娘がロクサーヌだろうか。

艶《つや》やかな黒髪の娘は不機嫌そうにエレンを見た。

「新入りのエレンだ。おまえたち、いじめるんじゃないよ。ピアジェは?」

「女将《おかみ》さんなら、さっき来た客と応接室で話してる。あれは執事のようだったから、きっと上等な客だね」

この場で一番ゆったりと座っていた娘が、主人を追い払うような仕種《しぐさ》をしたあとで言う。

なるほど、彼女の見立てはもっともだ。

金持ちの男が娼館を訪れるにしても、その先触れに人を寄越すのは上流階級の一部だけだろう。

「あるいは、屋敷のほうに来てくれって言うか……その話はあとで確かめるから、まぁいい」

女たちのおしゃべりが続きそうな気配を感じとり、店の主人はロクサーヌとエレンに行くように顎で差し示した。

ロクサーヌのあとについて二階の一室に入ると、そこは衣装部屋で、化粧もできるようにだろう。鏡と白粉《おしろい》が置かれていた。

「あんた、貴族の娘なんだろう? そんな顔してる。ここの客は上品なのが多いから、あんたみたいなのを好む客もいるだろうね」

「そういうものですか……」

雑談をしながら、ロクサーヌはエレンにサイズが合いそうなドレスを選んでは、体にあてがっている。

こんなときなのに、不謹慎にも心は舞い上がっていた。たくさんのドレスを見ると、もうエレンには残っていないと思っていたおしゃれ心のようなものが疼《うず》くのだ。

フリルたっぷりのドレスを着ると、地味な家庭教師にさえ見えないと思っていた自分が、十分、夜の女に見える。

「女将たちにとっては金を持っているのがいい客なんだろうけど、金持ちほど女を乱暴に扱うからね……気をつけたほうがいいよ。正体を隠してくる客は、たいてい訳ありだから」

エレンが不器用そうに紅を引くのを見かねて、ロクサーヌは化粧も手伝ってくれた。どうやら面倒見のいい娘のようだ。

年のころはエレンとそう変わりないのに、妙に世慣れている。

「訳ありって……？」

「女の首を絞めてやりたがったり、危険な薬をキメさせて奥さんをおかしくした前科があったり……普通なら女のほうが逃げ出す男ほど、大枚をはたいて女を買いに来るからね。また、ヴイヴィアンがそう言う男をあしらうのがうまいんだけど」

ロクサーヌの言葉は、『メゾン・ド・ピアジェ』の外観の美しさからはピンと来ない。

「そ、そう……」

なにを持って訳ありというのか。

その価値観はエレンの想像を超えている。

エレンの知る貴族はごく一部でしかない。学友の何人かはどうしようもなく、非道な虐《いじ》めをしていたが、さいわいなことにエレン自身は彼らの標的になったことはなかった。

(わたしの父のように、ただ意固地で保守的と言うだけじゃ、訳ありの客には入らない……そういうことよね?)

ごくりと生唾を呑みこむと同時に恐怖も呑みこむ。

エレンが半ば怯えたことにロクサーヌは気づいていないのだろう。

髪を結い上げてくれながら、話を続けた。

「気をつけなよ……さっき女将さんと話していた客、あんたを買うかもしれないから」

「え？　ま、まさか……わたしはまだお目にかかってもいませんけど？」

会ったこともない娘を買う理由があるだろうか。

実際に顔を見られたとしても、エレンの平凡な顔立ちを見て、是非買いたいと思う人はいないはずだ。

疑問符で埋めつくされた頭のなかに、ロクサーヌの怯えた声が降ってくる。

「あたし聞いちゃったんだ……あの執事は花嫁を買いに来たって……」

「花嫁を買いに……って身請けをするってこと？」

通いの客が娼館の気に入った娘を引きとることを身請けという。

自分の借金を清算するだけの富豪を口説いて、妾《めかけ》として身請けをされたい。あわよくば、後添いになりたい。

それは、通りに立って客引きをする夜の女にとっては夢物語に過ぎないだろうが、『メゾン・ド・ピアジェ』のように貴族相手の娼館なら、現実にあり得る話ではないか。

エレンの疑問はロクサーヌにしてみれば、容易に察することができる内容だったらしい。

「違う違う。身請けはね……あんなにひっそりとは来ないよ。妾を囲ってやろうなんて御仁はね、自分が迎えに来る。そうじゃなくて……まだ客の手のついていない生娘《きむすめ》を買いに来るんだよ。訳ありの貴族が自分の花嫁にするためにさ……たまにあるんだ」

また、訳ありかと思うのと同時に、ロクサーヌの警告がやけに悲劇的に聞こえて、どきりとした。

まるで、身請けよりも危険だと言われているようだ。

（もしかして……新手の新入りいじめじゃないかしら？）

親切なのか、ただの妄言なのか測りかねていると、ドンドンと忙《せわ》しなく扉を叩《たた》かれた。

「ロクサーヌ、新入りの着替えはできたのか？　早く応接室に連れてこいとピアジェがキレてるぞ！」

主人の声までもがノックの音と同じくらいエレンを追い立てる。

はっとドレッサーの前から立ちあがった背を、出口のほうへ押された。

「仮面をつけてくるような貴族はみんな訳ありだ。気をつけな」

それはまるで、不吉な予言のようだった。

あるいは、機械仕掛けの神《デウス・エクス・マキナ》の声か。

（わたし、なぜこんなことを考えているのかしら……）

オペラや物語のなかで神の配剤を実現させるために登場する小道具、その役を機械仕掛けの神などという。

——神がロクサーヌの口を借りて警告しているのかもしれない。

そんなことを考えるのは、自分で思っているよりも打ちのめされているからだろう。どんなに不幸を予期していたにしても、このころエレンに立て続けに起きた出来事は、予想よりはるかに酷《ひど》かった。

(自分が望まない事態になっても、それは仕方ないことだとあきらめていたはずなのに……)

大学の図書館でラグナートと話しているとき、エレンはしあわせだった。

大学ではエレンのように人生の転落を背後に忍ばせている学生は少なく、あの場所でエレンは異端者だった。

異端者の背後にいつも潜んでいたなにか。

それに囚われてしまえば、もう影さえ怖くない。

光もしあわせも、ここには存在しないのだから。

そう思うのに、まだエレンの心には怯えが残っていたなんて。

もう友だちもいない。エレンを影から救い出してくれる声はない。

(さようなら、ラグナート……わたしはこのまま憂鬱な世界で生きていくわ……)

感傷を置いていくようにして衣装部屋から廊下に出ると、主人はエレンを階下に急《せ》きたてた。

「いいか、話がまとまるまで、客の名前も身分も詮索するなよ。そういうのを嫌がる客も多いからな」

主人はピリピリした調子でまくしたてる。

フロックコートを着たこの男が店の主人のようだが、女将のほうが力関係が上なのだろう。

緊張感がエレンにまで伝わってくる状態で、応接室に連れてこられた。

そこは客と女将がビジネスの話をする場所らしい、半ば書斎、半ば応接セットが置かれた事務所のような場所だった。

貴族らしいお辞儀をしてソファに近づいたところで、あっと声が出そうになった。

そこにいた客はふたり。

ひとりは執事だろう。黒のフロックコートにタイを締めているものの、飾り気はなく上級使用人としてよく見かける服装をしていた。

もうひとりの客が問題だった。

——『仮面をつけてくるような貴族はみんな訳ありだ。気をつけな』

たったいま聞かされたばかりの、不吉な言葉が、まとわりつくようによみがえる。

仮面をつけた男が、上質な外套《がいとう》を纏ったたままで、ソファに座っていたのだ。

まだ熱い時節だというのに、まるで、娼館に触れるのが穢《けが》らわしいと思っているかのようだ。

漆黒の外套を留める金鎖や銀の仮面についた宝石が、窓から射《さ》しこむ日射しを受けて、きらりと光る。

執事との話がついたので、客本人が入ってきたのだろうか。

娼館の女将と主人、エレンと執事と仮面の紳士と。

そのなかで、仮面の紳士だけが明らかに異質な空気を纏っていた。

上級貴族と庶民を隔てる目に見えないなにか。

彼らの持つ誇り高さや人の上に立つ者独特の空気は、生まれもってのものなのだろう。

王者の風格とでも言うべき、他者を威圧する雰囲気に、一緒に部屋に入ってきた主人も圧倒されているのがわかる。

それになにより、エレンの目を惹きつけたのは紳士の肌の色だった。

手袋をしていたし、顔の半分を覆う仮面に気をとられて、すぐには気づかなかったのだが、わずかに見えている彼の肌の色は浅黒い。

（……ラグナート？　ううん、まさか……）

ひやりと首筋に冷たい汗が流れた。

彼がこんな場所にいるわけがない。別人だ。

貿易に従事してイギリスにやってくる異国人は多いし、特に植民地となっているインドからの客は大都市では珍しくないのだろう。

こんな娼館を利用することもあるほど、この国に馴染《なじ》んでいるのだ。

あるいはこのまま異国に連れて行かれるのかもしれない。

そんな想像のほうがエレンのなかではましに思えた。

（もし、この仮面の紳士がラグナートだというなら……こんな姿を見られたくない……）

大学の友だちという関係は、エレンが関わるなかでは、もっとも綺麗《きれい》な人間関係だった。

お金や身分に関わらず、つきあっていられる唯一無二の。

なのに、この仮面の紳士がラグナートだとしたら、最悪の状況で再会したことになる。

金を出す側と買われた女という立場という、もっとも世俗にまみれた関係で。

（ううん、違う……絶対に。ラグナートは娼館に来るような人間じゃないもの……）

大学にいた学友の何人かが、連れだって娼館に行く計画を立てていたのを耳にしたことはある。

高等部と違い、大学ともなれば、大人と同じ扱いだ。寮の規則もそう厳しくはなかったから、寮監督の目をごまかして外泊するのはさして難しくなかった。

しかし、エレンが知るラグナートは紳士的で、そういった集まりに参加していた記憶はない。

彼は女を買う類の男ではなかった。

エレンの知る限りでは、ということになるが。

（でも、ラグナートにもわたしの知らない顔があるのかもしれない……）

エレンだって、ほんの一週間ほど前には、自分が娼館に来るなんて想像もしていなかった。

せいぜい、金持ちの年寄りの後添いになるぐらいが、エレンの想像する最悪の結末だったのだ。

仮面の紳士はエレンを見ると、執事に耳打ちをした。

高位の貴族のなかには、自分から相手をしてもいいと決めた相手以外は執事を通して話をする。

娼館まで来ているというのに、気位の高い貴族らしい。

（いけない……相手がどんな方か詮索してはいけないのだわ……）

主人から注意されていたというのに、つい客の紳士の一挙手一投足が気になり、その意味を考えてしまう。

その振る舞いのなかに、一欠片《ひとかけら》、ラグナートの面影がないかと探してしまう自分にも気づいていた。

「先ほど話していた娘というのは、彼女ですか。あまり、貴族らしい顔立ちの娘ではありませんね」

執事の不満そうな表情に、はっと我に返る。

おそらくその不満は、主人である仮面の紳士が告げたものなのだろう。

その言葉を聞いた途端、仮面の紳士からラグナートの面影は消え去り、見知らぬ相手にとって変わった。

むしろ、ロクサーヌが警告したように、『訳あり』で『危険』な相手かもしれないのだ。

エレンの身が緊張に強張《こわば》る。

(仮面の紳士の声を聞けば……完全に別人だとあきらめがつくはずなのに……)

人を介して話すのが、いまさらながらもどかしい。

それでいて、生殺しの状態だからこそ、期待している自分がいる。

(わたしは……どちらを望んでいるのかしら……この紳士がラグナートであって欲しいの？

違う人のほうがいいの？)

自分で自分の心がわからない。

しかし、心というのはきっと、そんなふうにままならないものなのだろう。

友だちだったラグナートのことをエレンが完全に把握しているわけではないように、あちらへ揺らぎ、こちらへ揺らぎ、見るものによって形を変える。

「ほかに条件に合う娘はいないのですか？」

執事が女将に向かって問いかける。

まるで、エレンなど眼中にないと言わんばかりに。

執事のその、温度を持たない声を聞くと、ようやくエレンは仮面の紳士から目を離すことができた。

いらないと言われたほうが、むしろエレンの心が定まるようだ。揺らぎが幾分収まり、やりとりがすっと頭に入ってくる。

「申し訳ありませんが、貴族の娘で売られてくるのはそこまで頻繁ではなくてですね……この娘は本当にちょうど来たばかりなんですよ。まだ店にも出してないくらいでして……」

それがあたかも売りであるかのように、女将がエレンを売りこんでいる。

まるで、いまこの紳士に売らないと、エレンの愛想のなさでは客がつかないと思っているかのようだ。

ところが、客のほうにしてみれば、女将の売りこみで警戒したのだろう。

仮面の紳士がまた執事に耳打ちして、ひそひそと相談をはじめた。

その二組の様子を見ているうちに、エレンにも、やれやれ、と少しだけ開き直りが出てきた。

(買うのか買わないのか、早く決めてほしいわ……)

その場に立たされたまま、小さなため息を押し殺す。

女将のやきもきした様子に、主人がハラハラしだしたころ、ようやく執事が仮面の紳士との相談結果を言葉にした。

「よろしゅうございます。もし、その娘が本当に処女なら、買いとりたいと主人は申してます」

ぱっと女将の派手な化粧を施した面に喜色が走る。

しかし、次の瞬間、執事が発した言葉でまたうんざりした顔になった。見ているほうが忙しい気持ちになるほどの、千変万化だ。

「あなたたちの言葉を疑うわけではありませんが、その娘が処女かどうか、主人が確認したいそうです。花嫁として連れ帰ったあとで、ほかの男の子どもを産まれては困りますから」

彼の言葉は貴族としてはありきたりの話だ。

貴族が処女を気にするのは、処女性を重んじる信仰のせいではなく、現実的な問題なのだ。彼らが欲しいのは自分の血を引く子どもであって、自分の子が生まれたという保障のために、花嫁に処女を求めるに過ぎなかった。

だから、金持ちの奥方のなかには、後継ぎを産んだあとでお気に入りの男を囲ってどうどうと浮気をしているものもいるくらいなのだ。

女将と店の主人は、ふたりだけで執事の発言を吟味して、ひそひそと話している。

一瞬、部屋のなかの空気が分断されて、言葉にしがたい沈黙が流れた。

まるで時間が止まったかのようなその間を、

「わたしが処女かどうかお疑いなら、どうぞご存分に、お気がすむまでご確認ください」

エレンの一言が動かした。

店の主人はなにを言いだしたんだと言わんばかりに、ぎょっとした顔をしたが、女将はエレンの言葉にこれさいわいと乗っかってきた。

「そうですよ。どうぞどうぞ！　二階の部屋をお使いください」

女将はそう言うと、エレンの背に手を回し、扉のほうへぐっと押し出した。

「……せいぜい気に入られるように振る舞うんだよ！」

紳士にも執事にも聞こえないように、低い声で吐き出すように言われる。

高級な客を迎えるためだろう。案内された部屋は、優雅なカーブを描くライティングボードや、花の形を模したランプシェードといった、瀟洒《しょうしゃ》な家具が揃えられていた。

意外なことに、エレンと一緒に部屋へ入ってきたのは、仮面の紳士だけだった。

執事のほうは事務所に残って、エレンの金額だの契約だのといった事務手続きを進めておくのかもしれない。もし、主人がエレンを気に入れば、すぐにこの館から出て行けるように。

そんなことを理路整然と考えられたのは、女将が部屋を出て、扉のノブがガチャリと閉まるまでだった。

仮面の紳士とふたりだけになったとたん、また、緊張がよみがえってくる。

どんなに理性が違うと言っても、感情が、やっぱりラグナートではないかと訴えてきて、心が乱れてしまうのだ。

（き、気に入られるようにって……どうしたらいいの？）

男の人が好むように、しなを作って媚《こ》びを売ればいいのか。

しかし、心臓の鼓動はどきどきと高鳴ってうるさいし、緊張するあまり、体はぎこちなくしか動けない。

とまどうエレンをよそに、仮面の紳士は優雅な手つきで金の外套留めを外し、襟付きの長い外套を衣桁《いこう》にかけた。

身につけているのは、質のいい生地で作られた黒いフロックコートとトラウザーズだ。

ラグナートがよく着ていた白い長衣《ちょうい》——インドの民族衣装、シェルワーニーではない。

フロックコートに似せて作られたというシェルワーニーをラグナートは好んで着ていた。服の白と金糸の装飾は、彼の浅黒い肌に似合っていて、エレンは好きだった。

いつも見慣れていた白ではなく、漆黒を纏っているからといって、ラグナートと別人だという保証はない。

それに、浅黒い肌に漆黒の服を纏う仮面の紳士は、悪魔的なまでに魅力的で、エレンの目を惹きつけている。

その、人を惑わす容姿で近づいてくると、

「その壁に手をついて」

彼は冷ややかな声を発した。

会話をするのも穢らわしいと言わんばかりの、短い命令だ。低いけれど、どこかしら甘さを孕《はら》んだ、麝香《じゃこう》のような声がエレンの耳に絡みつく。

その声にまた、百万ボルトの電撃が全身に走ったかのような衝撃を受けた。

「…………ッ！」

固まったままのエレンに焦れたのだろう。彼はエレンの手首を掴《つか》んで部屋の奥へと連れて行く。

その間ずっとエレンは愕然《がくぜん》としていた。

（この……声……まさ、か……）

友だちの声を聞き間違えるだろうか。

それとも体格が似ている人は、声まで似ているのだろうか。

こんなに感情を消した冷ややかさで話しかけられたことはないが、心臓がどきりと大きく跳ねるくらい似ている。

白塗りの漆喰《しっくい》の壁に、手を重ねるようにして無理やり壁に手をつくように促される。

手が震えて、体が上手《うま》く支えられないのに、背中でなにごとか蠢《うごめ》く気配がして、なおさら力が抜けそうだった。

（違う……だって……）

──『仮面をつけてくるような貴族はみんな訳ありだ。気をつけな』

ロクサーヌの不吉な言葉が頭から離れない。

それでいて、紳士の指先がうなじに触れた瞬間、得も言われぬ快楽が背筋を走った。たまらずに、びくんと体が震える。

父親に売られたと知ったときに覚悟を決めたと思っていたのに、それが浅はかな覚悟だと知った。たかが、うなじに触れられただけで、こんなにも動揺するなんて。

（気がすむまで確認してもいいなんて……言うんじゃなかった……）

他人と気軽に触れ合うようなつきあいをしてこなかったせいで、性の知識に乏し過ぎる。

（いまさら……そんなことに気づいたって遅いわ……）

どうにか覚悟を決めようとしても、足の震えが止まらない。

紳士の手と同じくらい自分の心と格闘しているうちに、ふっと胸が楽になった。

ドレスの留め金を外されて、コルセットの紐《ひも》をゆるめられたのだ。

ばさりと足下に、鮮やかな緋色《ひいろ》のドレスが花びらを俯《うつぶ》せたように広がる。

あっと思ったときには、ゆるんだコルセットとズロースだけのあられもない格好にさせられていた。

しかも、露わになった背中にすーっと指を滑らされ、たまらずに声が漏れる。

「ひゃああっ……」

振り向こうとする肩を押さえつけられ、続けざまに触れられる。彼の手の動きに動揺が増すばかりだ。

腋窩《えきか》から手を入れられ、コルセットから胸を掬《すく》い出された。

「な、なに⁉　待っ……ふぁ……ッ」

大きな骨張った手に胸を掴まれ、エレンは絶句した。しかも、手袋をしたままだ。

まるで実験動物を検分するかのように、胸の先を摘まみあげられ、またびくんと体が揺れる。

そんな場所を他人に触れられたことはなくて、手袋の縫い目が肌に当たるだけでも、ぞくんと腰の芯から震えが湧き起こった。

「確かに肌は荒れていないな……胸の先も綺麗なピンク色だ……」

すぐ背後で囁く声がやけに低い。

肌に触れられたまま囁かれると、やけに色気を帯びて聞こえて、耳から蹂躙《じゅうりん》されているような錯覚に陥る。

こんなふうに、エレンを惑わすようなことを言う人だっただろうか。

しかも胸の弾力を確かめるように手を動かしてくるから、その律動に合わせてあえかな声が紅を引いた唇から漏れた。

「んっ……っはぁ……あぁっ……ふ、ぁ、あ……」

感じているからと言うより、揉《も》みしだかれて、むしろ痛い。

それでも、男の手で胸を触れられていると言う事実に、不条理なまでに艶《なま》めかしい気分にさせられてしまう。

「息が乱れている……こうやって客に触られたことがあるということか？　ん？」

――違う。そんなことはされていない。

そう言おうとした口から出てきたのは、甲高い嬌声《きょうせい》だった。

「ひゃあんっ！　や、ぁあ……あっ、あっ……！」

自分でもびっくりするほど甘ったるい声が出た。

乳房を揉みしだかれているうちに、胸の先が硬く起《た》ちあがり、そこを抓《つま》まれただけで。

赤い蕾《つぼみ》の括《くび》れをキュッキュッと抓まれ、親指の先で潰されると、じくじくと治らない傷が痛むときのような愉悦が湧き起こる。

なぜだかわからないけれど、自然と腰が揺れた。

「へぇ……処女だと主張する割りには、ずいぶんと感じているみたいだな。濡《ぬ》れてきたか？」

エレン自身、快楽を覚えたことに衝撃を受けているというのに、検分している相手に知られてしまうなんて。羞恥に、さっと頬が紅く染まる。

「違い……ます……わたしは本当に、さっきこの館に来たばかり、で……っンあぁ……！」

それが女の体の弱いところだと知られているのだろう。否定する言葉を、まるで弄ぶかのように男の指先が胸の先を弾《はじ》いた。

「言葉でならなんとでも言える……体に抱かれた痕はないようだが……」

そう言いながら背中から腰に向かって手を滑らされると、そこも性感帯だったらしい。ぞくん、と腰の奥に愉悦が走った。

（手袋で触られているから……余計にぞくぞくする……みたい……）

たまらずに熱っぽい吐息が零《こぼ》れる。

（ああ……ダメ……感じているなんて知られたら……男の人に触られることに慣れていると思われてしまう……）

それは避けたいと体の疼きを堪えようとするのに、紳士の手が臍《へそ》回りにかかったところで、限界だった。

「ンひゃ、ぁ……ッ……んぁあ……ぁあン……ッ」

ぞくぞくと愉悦が体の奥を蹂躙して、なおさら艶めかしい声を上げていた。

「いい啼《な》き声だ……触られただけで声を上げるように調教されたんじゃないのか？　これはもっと本格的に確かめてみないと」

仮面の紳士の声が、レポートを考察するときのラグナートの声と重なる。

愉《たの》しそうでいて、エレンの体の反応のひとつひとつを実験するような冷酷さを帯びている。

(違う違う！　ラグナートじゃない。だって、こんなことを愉しむラグナートなんてわたし、知らない……ッ！)

「っは、ぁ……あぁ……もう、いや……あなたに、買われたくない……わ……」

友だちに性感帯を確認されているのかもしれない。

そんな妄想は見知らぬ相手に体を弄ばれるより、ある意味では辛い。

声を聞くたびに、ラグナートではないかと思ってしまうのだ。エレンの無意識は仮面の紳士に心を寄せてしまう。

見知らぬ客に抱かれて、心を凍らせたままでいたい。体がどんなに愉悦を覚えたとしても、心はなにも感じないままでいたい。

そうすれば、自分に起きたことは、下級貴族の娘としては普通のことだと、なにも特別な悲劇ではないのだと、心をごまかしてままでいられるのに。

エレンにとっての聖域、身分も金銭も関わらないはずの『友だち』に、自分の闇に踏みこんでこられたくない。

そうでないと、凍りついていたはずの心が動いて、痛みを訴えるからだ。

「へぇ……それは自分は処女じゃないと認めるってことかな？　『どうぞご存分に、お気がすむまでご確認ください』なんて言った癖に」

エレンの言葉が気に入らなかったらしい。さっきまでも冷ややかだったが、一段と冷ややかな声を囁かれた。と同時に、ズロースの腰紐《こしひも》を、ぴーっと、もったいつけた手つきで解かれる。

「ああっ……」

壁に手をつけた状態で腰紐を解かれると、為す術《すべ》もない。ズロースもエレンの腰から滑り落ちて、床のドレスの上に重なった。体回りにはまだコルセットが残っているが、胸を出されているから、ほとんど裸みたいなものだ。

むしろ、中途半端にコルセットが残っている分、胸が強調されていやらしささえ漂う。

エレンのなかに、なんでこんな目に遭わなきゃいけないのかという困惑と羞恥心が湧き起こった。

なのに、追い打ちをかけるように手首を掴まれ、体をくるりと回される。

「……着やせするタイプだな、君は」

男の眼前に胸を晒《さら》すことになり、エレンは慌てて、空いているほうの手で胸を隠す。

「そ、そうですか……お褒めに与《あずか》り光栄ですわ」

精一杯の強がりをこめて、きっ、と仮面の男を睨《にら》みつける。そんなことをしても、無駄だとわかっている。しかし、一度火がついたエレンの反骨精神は、そう簡単に収まらない。

その顔には、自分を嫌ってくれて結構ですとはっきりと書いてあった。

なのに、彼の反応は思わしくない。もう従わないという決意を露わにしたエレンなど、歯牙にかける価値もないと言うことだろう。高い上背から見下ろして、命令口調で言い放った。

「そのローテーブルの上に仰向《あおむ》けに寝ろ。もちろん、胸を隠すことは許さない」

「な……ッ！　なぜ……そんな……」

ソファの前に置かれたローテーブルは細長くて、人ひとり寝転がれないことはない。

しかし、反抗したあとでされるには、あまりにも屈辱的な命令だった。

(足下を見られているような……気がする……)

たまりかねて一度口にはしてしまったが、客と売る側という立場柄、エレンから帰ってくれと言えないのを見透かされているのだ。

怒りと羞恥に震えていると、くすりと仮面の紳士から笑いを零された。

その笑い方がまたラグナートを思い起こさせて、いま半裸でいる自分がいたたまれなくなる。

「早くしろ。まだ肝心なところを確認していないんだからな」

催促するように苛立った声を出された。

その物言いにまたむっとさせられ、嫌われて彼のほうから諦めさせたいという反発心が増す。

ラグナートに対しては、こんな気持ちを抱いたことはない。

彼は温和で、どちらかというとエレンの意見を尊重してくれることが多かったから、ふたりでいるときは穏やかな気持ちでいられた。

(だから違う……この人は、どんなに似ていてもラグナートじゃないのよ、エレン……)

ぎゅっと胸を隠した左手を握りしめて屈辱に耐えていると、とん、と肩を押される。

よろけた体を引っ張られ、なにが起きたのか理解するより早く、ローテーブルに仰向けになっていた。

「あ………」

手首を掴まれていたせいで痛みはなかったが、ぐるりと視界が回り、軽く眩暈《めまい》がする。

瀟洒に見せかけている部屋は、しかし、天井までは手をかけられなかったのだろう。

安っぽいシャンデリアを吊《つる》す天井の漆喰は、見上げると塗りムラが見えた。その汚点を隠すように仮面の紳士が覆《おお》いかぶさってくる。

エレンの脚の間に膝を突いて、腰のところに手を突く格好だ。

あるいはこのまま最後まで事を進められてしまうのでは、と一瞬ひやりとする。

それでいて、心のなかに渦巻く反発心をよそに、仮面の紳士に対して、どうしても嫌悪感が湧いてこない。

（この人はひどいと思うのに……それでもやっぱり……）

ラグナートに似ているところを見つけると、心の防衛本能が勝手に拒否反応を消してしまう。

反発と嫌悪は別物だなんて、こんなときに発見しなくてもいいのにと、自分の心に対して恨めしい気にさせられる。

片膝を立てられ、その太腿《ふともも》を掴まれたときも、どきりとしつつも体が期待に疼くのがわかった。いたたまれない。

「ふ、あぁ……くすぐっ、た……ッ！」

太腿の内側に手を滑らされると、くすぐったいのともどかしいのと、両方の気持ちがない交ぜになって襲ってくる。

「確かに脚にも抱かれた形跡はなさそうだな……」

背中や乳房を見ているだけなのに、なんの根拠を持って抱かれてないと確信しているのだろう。

（処女だというわたしの言葉は信じないくせに……体にその痕がないってなに？）

性知識に詳しくないエレンには、彼の言動は不思議の一言に尽きる。

こんなふうに体のあちこちを検分されるのは蹂躙されているに等しいのに、まだエレンの体は綺麗だと言われているなんて。

その矛盾をうまく呑《の》めないでいる。

(もし、この館で客をとらされるとしたら……いまされていることよりもっと酷いことをされるのよね？)

想像しようとして、ぶるりと半裸の体がおののいた。

それはどんなに虚《むな》しく屈辱的なことなのか。頭のなかを妄想と疑問符が埋め尽くした状態で、男の手袋をした手で肌を嬲《なぶ》られるのに耐えていると、またくすり、と仮面の下で、彼が笑いを零した。

「なぜ、体に抱かれた痕がないと断言できるのか不思議に思っているのだろう？　こういうことだよ……」

自分の初心《うぶ》さを見透かされ、かぁっと頬が火照った瞬間、やわらかいなにかが太腿の柔肉に触れた。

普段はドレスとペチコートとズロースの奥に隠されて、自分でも触ることがほとんどない。太腿の内側は、わずかな感触でも鋭敏に愉悦を感じる。

ぞくん、と得も言われぬ快感がエレンの体の内側を走り抜けて、たまらずに腰が跳ねた。

ちゅっ、と音を立てて触れられたそれが紳士の唇だと気づいたのは、彼のつけた仮面が柔肌に冷たく当たったあとだ。

しかも、かすかな触れ合いに愉悦を感じた次の瞬間、きつく肌を吸い上げられ、

「っつあぁ……ッ」

また体が跳ねた。今度は鋭い痛みのせいで。

なにが起きたのだろうと首をもたげると、紳士の仮面の奥の瞳と目が合った。そんな気がした。

彼がゆっくりと体を起こしたその下に目を向けると、白い肌に赤紫色の痣《あざ》ができていた。

「な……に……？」

「……君はこんなことも知らないのに客をとるつもりなのか？」

今度はくすぐったいような笑いを零すのではなく、はっきりとした嘲りだった。

さっと羞恥に頬が火照る。

頭に血が上ったり、愉悦にドキリとさせられたり。さっきからエレンの頭は初めての経験に振り回されすぎて、どうにかなってしまいそうだ。

いや、多分もう、エレンが受け入れられる許容範囲はとっくに振り切れている。

それなのに、彼はもっとエレンを乱そうというのだろうか。

脚と脚の間に指を当てて、すぅっーと割れ目に沿って動かした。

「ひゃっ……！」

そんなところを愛撫《あいぶ》されたのは初めてで、甲高い悲鳴めいた声がとっさに上がる。

びくびくと、体が戦慄《わなな》いていた。

その秘された場所に手袋をつけた手で触れられたという衝撃と言ったら、ない。

びくん、と体が震えたことさえ、屈辱を感じてしまっていた。

「……ほとんど濡れてもいないし、割れ目は硬いな」

触れてみた実験結果を検分する声だ。

自分は実験動物ではないと、むっとさせられる。なのに、弱点を触れられているせいで、体に力が入らない。抗《あらが》う気持ちが萎《しぼ》んでしまう。しかも、淫唇の回りをゆったりとした手つきで繰り返し撫《な》でられ、それがくすぐったいのに、むずむずと違う感覚を呼び覚ましていく。

ぬるり、と粘ついた液が零れた。

その液を絡めて、彼の中指の先が割れ目を動くと、妖艶な愉悦がぞくりと腰を揺らした。

「ンんっ……ふ、あぁ……あぁン……ッ！」

胸の先を弄ばれたときと似て非なる疼きに、体の芯が熱くなる。これ以上、弄ばれ続けたら危険だと頭のなかでひっきりなしに警告が鳴るのに、体はもっともっとと、欲望を掻《か》き立てられていた。

「少しは濡れてきたか……自慰くらいはしたことがあるのか？」

「し、知らな……んぁっ、あぁ……は、あ……」

ちゅぷ、と水音を立てるように淫唇をかき混ぜられると、熱っぽい吐息がはふりと零れた。

これが男女の睦言《むつごと》の一端なのだと、頭の片隅で理解する。

エレンが愉悦に陶酔しかけていると、気づかれたのだろう。仮面の紳士は片膝で器用に自分の体を支えながら、エレンの腰のあたりについていた手を動かして胸を掴んだ。

「……や、ぅ……ン、ひゃあ……あっ、あっ……ン、あぁ……ん」

快楽を感じはじめたせいだろうか。まるで生理が起きたときのように胸が張り、揉みしだかれると乳房が大きく揺れた。

体の芯で熾《お》きのように疼きはじめた愉悦を、さらに熱く燃え上がらせるように、下肢の狭間《はざま》と乳房を同時に攻め立てられ、びくびくと体が震える。

エレンの唇からは、ひっきりなしに鼻にかかった声が零れて、性感を揺さぶられていることを、男にあからさまに伝えてしまっていた。

「あっ、あっ、だ、め……なにか、変な感じが…ンあぁ……ッ！」

くちゅくちゅという音を立てて、男の指が器用に淫唇で動くうちに、エレンが感じるところを探り当てたのだろう。敏感になった淫芽に手袋の縫い目を擦りつけられ、エレンの体はぞくぞくという愉悦に跳ねた。

（だめ、こんなこと……いや……わたし、わたし……）

——気持ちよくて、自分が吹き飛んでしまいそう。

体の内側で快楽の波が大きくうねり、すぅっと滑らかな和毛《にこげ》で素肌を撫でられたときのような、気持ち悪い心地よさに襲われた。

びくん、と背が仰《の》け反《ぞ》ったのを見透かすように、胸を揉みしだいていたもう一方の手が、胸の先をきゅっと摘まみあげる。

その途端、雷に打たれたときのように鋭い快楽がエレンのなかを駆け巡り、絶頂に達した。

「ン、あぁ……あぁん……んぁあん……——ッ！」

びくんびくんと痙攣《けいれん》したように体が跳ねて、頭のなかで真っ白な光が弾けた。

ふぅっと体を持ち上げられて急に落とされたときのような浮遊感に襲われ、一瞬、エレンの意識が吹き飛んだ。

「………あぁ……」

しどけない吐息が唇から零れて、エレンの体は快楽を貪る。

心地よさに、また下肢の狭間から淫蜜が溢《あふ》れるのを感じた。

「絶頂を覚えたか……気持ちよかっただろう？　本当に処女だったなら、だが」

男の響きのいい声が降ってくるのは、はっきりと聞こえていたが、夢のなかで聞く声のように、うまく理解できないでいた。

嫌味《いやみ》を言われたのだと気づいたのは、その少しあとだ。

下肢の狭間でまた指を動かされ、絶頂を知ったばかりの体がびくん、と敏感に反応した。

「んぁあっ、あっ、あっ……やぁ、そ、れ……ンあっ……！」

くちゅくちゅという水音がさっきより大きくなり、粘ついた液が増えたことをエレンにも知らしめる。

滑らかな感触になると、格段に快楽が増して、体の芯が痛いほど疼いていた。

そんなエレンの反応は、男にしてみれば、当然の結果だったのだろう。

格段に気にした様子はないまま、ぶつぶつと独り言を呟《つぶや》いている。

「さて……これだけ濡れれば、膣内《なか》に指は入るか？」

ぼんやりしていて、言葉の意味を考えられなかった。

（指が入るかって……どこに……？）

なぜこんな羽目に陥っているのか、快楽に溺れたエレンは忘れかけていた。

そこに、淫唇の割れ目を無理やりこじ開けられ、痛みのあまり、苦悶《くもん》の声が飛び出る。

「……ひぃ、あ……やぁ……ッ！」

心地よさに浸っていただけに、なおさら鋭い痛みに耐えられなかった。

体が跳ねたのは今度は痛みのせいだ。なのに、男の指先はなおも奥へ入ろうと、エレンの太腿をきつく腕で押さえつけた。

「や、め……っ！　痛い……やぁっ、助けて……ラグナート！」

とっさになぜ彼の名前を呼んでしまったのか。

白いシェルワーニーを着て、穏やかに微笑む友だちに心の手を伸ばしていた。あの図書室に流れていた穏やかな沈黙に縋《すが》りつきたい一心だった。

自分が助かりたいと必死になるあまり、仮面の男が身を強張らせたことに気づく余裕すらない。

彼はまるで、エレンの一言で痛恨の一撃を受けたようだった。

淫唇を割って入ろうとしていた指を除《の》けられ、エレンの上に覆《おお》い被《かぶ》さっていた熱が遠離《とおざか》る。

わずかに身なりを直す衣擦《きぬず》れの音がした。

「……確かに君は処女のままだった。契約をすませてくるから、君は服を着て自分の荷物をまとめておけ」

そんな事務的な言葉は、さっきまで感じていた絡みつくような執着などなかったかのようだ。

フロックコートを着た彼は、外套を手にさっさと先に部屋を出ていってしまった。

体を起こせば、部屋のなかはやけにがらんとして見える。

エレンの初心さに彼が零した笑みも、言い放たれた嫌みも、まるで嘘だったかのように、そこにはなにも残っていなかった。

† † †

荷物をまとめろと言われても、エレンの手荷物はほとんどない。

昔読んだ少女小説の文庫本と小さな日記、それにもともと着ていた濃緑のデイドレスくらいだ。

のろのろと起き上がり、ひとりでどうにかコルセットを結び直すのは、なかなか骨が折れる作業だった。

（また……わたしは居場所を追われるのね……）

大学の寮から実家の自分の部屋へ、唐突に呼び戻された実家で休む間もなく『メゾン・ド・ピアジェ』にやってきたばかりだというのに、またどこかに連れられるという。

（でも、わたしの心はいまも、大学の図書室でラグナートと話したときのまま、時間が止まっているのかもしれない……）

だから、どこに彷徨《ほうこう》させられても、なにも変わらない。きっと平気だ。

自分にそう言い聞かせて心に疼く悲嘆に蓋をすると、衣装部屋に置きっ放しになっていた自分の小さなトランクを取り上げる。

そこに鏡があることに気づいて、思わずのぞきこむと、鏡のなかの頬はなぜか濡れていた。

「あ……れ……?」

手の甲で頬を擦ると、雫《しずく》がほろりと流れ落ちる。

そうか、自分は泣いていたのか。

ようやくそう気づいて、とっさに友だちの名前を呼んだのも当然だと思えてきた。

やはりどんなに心を封じ込めようとしても、この数日、自分に起きた出来事は辛かったのだ。気づかないうちに、泣いてしまうくらいに。

(ここでうずくまって、もう動きたくない……)

ほんのわずかの間、体を丸めて、エレンは自分の心を慰めた。

自分で自分の体を抱きしめると、心はすぐに大学の穏やかな図書室に還《かえ》っていく。

そこには永遠にラグナートがいて、目を閉じればいつも、エレンを慰めてくれるのだ。

「………バカみたい、わたし……」

つかの間の幻は自嘲めいた呟きに霧散する。

目を開き、もう一度鏡をのぞきこめば、目が赤くなっていた。時間もないし、化粧でもごまかしようがないから、それは諦めるしかない。

ここはあてがわれたドレスではなく、自分のデイドレスを着て出て行くところだろう。そう思って、のろのろと身支度を調えた。

エレンが小さなトランクとともに階下に下りていくころには、書類の手続きはすべて終わっていたようだ。

仮面の紳士の姿はなく、執事と店の主人だけが玄関に立っていた。女将は館に残らないエレンのことなど興味もないのか、あるいは支払われたお金の勘定のほうが大事なのか、姿を見せることはなかった。

「運がいい娘だ。金持ちにもらわれてよかったな」

意外なことに、去って行くエレンに店の主人はそんな言葉をかけた。

人生の角を曲がった次の瞬間には、なにが待ち受けているのか、本当にわからない。

(このまま『メゾン・ド・ピアジェ』に残るより、買われていったほうがましなのかしら？

それとも……)

――『仮面をつけてくるような貴族はみんな訳ありだ。気をつけな』

ロクサーヌの不吉な予言は、機械仕掛けの神がエレンを破滅させるためのものなのか。あるいは、不幸に落ちた娘ならではの妄言だったのか。

いまのエレンには、真実を確かめようがない。

「しばらく馬車に揺られることになりますから、辛抱してください」

娼館の玄関を出ると、アプローチには二頭立ての馬車がすでに待っていた。

紋章も飾りもついていないが、しっかりした造りの馬車だ。仮面の紳士が金持ちなのはもう疑いようがない。扉を開けられ、ステップを上ると、馬車の奥には不機嫌そうな気配を漂わせた仮面の紳士がすでに座っていた。

どうやら気まずい旅になるらしいと、引《ひ》き攣《つ》った笑みを浮かべたのはつかの間のこと。

朝から立て続けにやってきた目まぐるしい出来事のせいか、あるいはさきほど快楽の絶頂を与えられて、まだ気怠《けだる》かったせいなのか。

馬車が走り出してすぐに、エレンはうとうととしはじめた。

すぅすぅと寝息を立てて仮面の紳士の肩に頭を預けたところで、彼がエレンの頭を振り払うことはなかった。

「しばらくはゆっくりおやすみ……エレン」

囁くような声で名前を呼ばれたけれど、エレンはその声を夢見心地にすら聞いていなかったのだった。

# 第三章　買われた花嫁はお屋敷に連れられる

木立の街道を抜け、石畳の道に変わったあとも、エレンは眠り続けていた。

やがて、馬車が止まり、

「エレン、着いたぞ」

そんなふうに声をかけて肩を揺さぶられたときも、容易に目を覚まさなかったくらいだ。

よほど、疲れていたと思われたのだろう。あるいは、エレンの様子に焦れたのか。

仮面の紳士はエレンの膝裏に手を入れ、軽々と抱きあげて馬車のステップを下りていく。

外の空気に触れ、ようやくぼんやりと目を開けると、そこには巨大な屋敷があった。

ファサードの壁面が空を覆い、青い空の眩しさを遮っている。

「どこ……ここは……？」

寝惚《ねぼ》けていたせいで、一瞬、自分がどこにいるのかよくわかってなかった。

なんでゆさゆさと揺られているのかも。

園丁の手で綺麗に整えられた前庭は、夏の花がいまが盛りとばかりに咲き乱れ、とても美しかった。

ヒースばかりが目立つ実家とは大違いだ。

エレンが辺りの景色に気をとられているうちに、執事がアプローチの数段の階段を上り、先に玄関扉を開く。定められた角度に腰を折り曲げた状態でぴしりとお辞儀をしている。

コリッジ家には、こんなに躾《しつけ》の行き届いた使用人はいないし、そもそもこんなに大きなお屋敷に見覚えはない。

ぼんやりしていても、いつもの癖が出たのだろう。

エレンの観察眼は、視界に入る光景をまるで機械のように分析していた。

「おかえりなさいませ、旦那様。お部屋の用意はすませてあります」

「……ああ。ありがとう、ミスター・バレル」

入口に並んだ使用人が一様に、美しいお辞儀をして迎えてくれたせいで、はっと目が覚めた。

「な、なに……?」

体を起こそうとして、人の腕に抱かれていることに気づいた。

(なんで⁉　だから、わたし……大学から呼び出されて……)

父親の負債がもう簡単に返済できない額になっていたのを知ったのだ。

いや、正確には、ずっと見ない振りをしていた現実を目の当たりにしたと言うべきだろうか。

（そして、お父様はわたしを娼館に売ったのだわ……借金のカタとして……）

事業に失敗した貴族が、娘の持参金目当てに酷い縁組みをしたり、娘を売ったりという話はよく耳にしていた。

自分もいつかそうなるかもしれないという予感はあったのに、本当にそんな立場になるまでは、やはり楽観していたのだ。

そこまで酷いことにはならないだろうと。

「あ……わたしの……トランク……」

最後の持ち物である小さなトランクをいったいどこにやったのだろう。

記憶がないと言うことは、エレンはずいぶん深く眠っていたらしい。

自分の置かれた状況を思い出してはきた。しかし、まだぼんやりしていて、気を抜けば意識が散漫になってしまう。

ふぅっとまた眠りに引っ張られそうになったところで、声が降ってきた。

「トランクなら、部屋に運んである」

堅苦しい物言いだが、聞き知ったものの響きにはっと顔を上げた。

自分を抱いているのが誰なのか。

疑問に思っていたのに確かめる気になれなかったのは、怖かったからだ。娼館にいるよりも怖いことになるくらいなら、眠っていたほうがまし。そんな逃避願望が眠りに引きこもうとしているのかも知れなかった。

なのに、エレンを抱いて歩く紳士の顔を見て、エレンは唖然《あぜん》としてしまった。

「ラグナート……？」

自分の屋敷に帰ってきて、もう身をやつす必要がないせいだろう。

仮面の紳士は、仮面を外していた。

頬骨《ほおぼね》の張った整った相貌は、この国のたいていの貴族よりも彫りが深い。浅黒い肌に整った鼻梁《びりょう》。額《ひたい》に落ちる黒髪の波打つさまさえ、エレンはよく知っていた。

腕に抱かれた状態で名前を呼んだのだから、囁くような声でも、絶対に聞こえたはずだ。なのに、ラグナートは返事をせずに、そのまま歩き続けて、使用人が控えていた大きな扉の前で立ち止まった。

エレンの目の高さにあるエナメルのドアノブをガチャリと回して、使用人が扉を大きく開く。

「わぁ……素敵なお部屋……！」

屋敷の前庭にも花が咲いていて、ファサードを綺麗に飾り立てていたが、案内された部屋にも綺麗に花が活けてあった。

サルビアにペチュニア、カンナにダリア。

こんなにたくさんの花を見たのは、久しぶりの気がして、思わず笑みが零れてしまう。

大きな扉から連想したとおり、天井の高い部屋だった。中央には大きなシャンデリアが吊され、キラキラと光を受けて輝いている。

まるでモーニングルームのように窓が大きくとられ、明るい陽光に射しこんでいるせいだ。

茫然《ぼうぜん》と部屋のあちこちに視線を移すうちに、まだラグナートの腕のなかにいることが恥ずかしくなってきた。

「あ、あの……ラグナート？　下ろしてくださらない？」

もう一度控えめに訴えたけれど、またしても返事はなかった。

（もしかして、本当はラグナートじゃない……とか？　でもまさか……声も顔もラグナートそのものだし……）

しかし、ラグナート本人だとしたら、どうして『メゾン・ド・ピアジェ』になんかいたのだろう。

わからないのは、そこだ。

（花嫁を買いに来たって言っていたけど……）

返事がもらえないから、腕に抱かれたままエレンも沈黙するしかない。

　自分がいたたまれないことをのぞけば、ラグナートの腕のなかは心地よくて、一刻も早く下ろして欲しいと足掻《あが》く理由はない。

　どうしようかと困惑していると、ラグナートがボードの上に置いてあったベルを鳴らした。

「お呼びでしょうか。風呂の用意はできておりますが」

　たちまち、お仕着せを着た侍女が現れて、お辞儀をする。

　なにもかもが、エレンがこうだと思い描いていた規則正しい貴族の屋敷そのものだった。

「セシリア、彼女を湯浴《ゆあ》みさせてくれ。夕刻にはレジストリーオフィスに出かける予定だから」

　ラグナートはそう言うと、ようやくエレンを床に下ろしてくれた。

　馬車に長く揺られたあとで抱きあげられていたから、久しぶりの地面が覚束《おぼつか》ない。

「かしこまりました。どうぞこちらへ」

　まだ若い侍女は、主人であるラグナートの命令を受け入れ、突然現れたエレンを客として扱うつもりらしい。丁寧な手つきで部屋の奥へと案内してくれる。

　唯一の知己《ちき》であるラグナートと離れて、心細いのとほっとしたのとは、ちょうど半分半分だった。

　呼びかけても返事をくれないラグナートの代わりに、侍女セシリアが質問に答えてくれるかもしれないと期待をかけたのだ。

「あ、あの……失礼ですが、こちらはどなたのお屋敷なんですか？」

——さっき、わたしを抱いていたのはラグナートでしょう？

とは、さすがに聞きづらく、持って回ったような言い回しになってしまう。

しかし、教育が行き届いた侍女は、エレンの問いをちょっとした冗談だと思ったようだ。笑いながら答えてくれた。

「まぁ、奥さま……もちろんこちらはラムゼイ公爵のお屋敷でございます。こちらの居間の奥が旦那さまの書斎。階段を上がりまして、右側が寝室になります……あ、奥さま。バスルームはこちらになります」

開かれた扉の向こうはタイル張りになっており、バスタブが湯気を上げていた。

「さ、お疲れでしょう。奥さまの旅の埃《ほこり》を流すように言いつかっておりますので……失礼」

「奥さま……って、わ、わたしのこと？」

動揺するエレンをよそに、セシリアはエレンの上衣の留め金を外し、デイドレスを脱がせはじめた。

「当然でございます。旦那さまは花嫁を連れて帰ると仰《おつしや》ってましたから」

てきぱきとエレンのドレスを脱がせては、傍らの籠に重ねていくセシリアの口調に迷いはない。

娼館で仮面の紳士の前で脱がされたのとは違い、セシリアの作業的な手つきで脱がされるのは気楽だった。

（そうよね……娼館に手頃な花嫁を買いに来たのですものね……）

湯船に体を沈めながら思い出すと、娼館での出来事はついさっき起きたことのようなのに、まるで遠い昔に終わったことのように感じるのだった。

仮面の男の振る舞いや冷たい物言いは、エレンの知るラグナートとは違っていた。

だから、エレンも迷ったのだ。容姿や声がそっくりだと思いながらも、他人の空似の可能性を否定できなかった。

（それとも、わたしが知らないだけで、もともとラグナートはああいう性格をしているのかもしれない……）

無理やりローテーブルで足を開かされたときのことを思い出すと、いまも心臓の鼓動がどきどきと速まってしまう。

なのに、真っ白な泡に包まれて、海綿で体を洗われていると、不吉な予感に浸っていられなくなる。

（この屋敷はどこもかしこもが明るすぎて……わたしには眩しすぎるわ……）

娼館はもちろん、エレンとラグナートがいつも会っていた図書室の黄昏《たそがれ》めいた空気とも違う。真新しい光に溢れた部屋は、これまでのエレンの人生にはなかったものだ。

あるいは、エレンの体は本当はまだ娼館にいて、ただ自分に都合のいい夢を見ているだけかもしれない。

そんなふうにも思えてくる。

「急なことでしたから、用意させていただいたドレスのサイズが合っていますかどうか……」

申し訳なさそうな顔をしたセシリアに着せられたのは、エレンがこれまで着たことがないほど上等なドレスだった。

鮮やかな花緑青色《はなろくしょう》が白いタイルの上に広がると、いつか絵に見た南国の海が広がっているかのようだ。

光沢のある絹は肌に触れると滑らかで、くるりと回ると、しゃらしゃらと涼やかな音を立てる。

「奥さまのおぐしは綺麗ですわね。毎日、櫛《くし》を通しますともっと輝かんばかりに美しくなりそうです……楽しみですわ」

セシリアは弾んだ声でエレンの灰金色の髪を梳《くしけず》り、一部を指ですくって結い上げた。

宝石と金属で花の形を模した髪飾りは、大学で金持ちを標榜《ひょうぼう》していた令嬢たちの持ち物でも見たことがないほど精緻な細工で、エレンの髪に収まったときは、ほうっと言うため息が零れた。

大人になってから、こんなふうに他人に髪を整えてもらったのは初めてで、くすぐったい心地にさせられる。

上質な白粉をはたいた白い顔。唇には鮮やかな紅を引き、耳には髪飾りと同じ小花細工のイヤリングを下げられた。

首には、ドレスと同じ花緑青色のリボンで、大きな雫型のダイヤモンドが輝く。

なにもかもが美しく素晴らしくて、感歎《かんたん》のため息を零すのが間に合わないほどだった。

「髪飾りを作った宝飾デザイナーは気難しい方で、なかなか仕事を受けてくださらないので有名なんですよ。でも、旦那さまはインドの領地に宝石鉱山を持っていらっしゃるでしょう？よく宝石をお売りになるよしみで作っていただいたのですって」

セシリアの話はエレンにはまるで別世界のようだ。

（大学にいたときも、ラグナートは投資や保険の話にとても詳しかったけれど……）

彼に教わって、よさそうな投資先を父親に伝えたはずなのに、結局エレンの助言など取り合ってくれなかったのだろう。

いつもそうだった。父親にとって大事なのは弟のディオンだけで、娘の言葉など斟酌《しんしゃく》する価値はないという扱いだった。

実家のことを思い出すと、憂鬱になってしまう。

どんなに上辺を取り繕っても、没落貴族の娘の価値というのは、そのていどのものなのだ。

(わかっていたはずなのに……)

「ほら、奥さま。いかがでしょう？　とてもお美しいですわ……旦那さまもきっと惚れ直すこと間違いなしです！」

弾んだ声にはっと現実に呼びもどされた。

櫛を手にしたセシリアは、やり遂げたと言わんばかりの満足気な笑みを浮かべている。

化粧台のスツールから立ち上がるように促され、姿見の前に立たされて、エレンは唖然としてしまった。

「これが……わたし!?」

地味で冴《さ》えなくて。

ラグナートと一緒に並んだところは、家庭教師よりも地味だと陰口をたたかれていた。

しかしいま鏡のなかに映るエレンはまるで別人のようだ。

地味だと言われた顔立ちは、落ち着いた美しさに取って代わり、灰金色の髪に髪飾りをつけただけで、優雅な雰囲気が漂う。

「もちろん奥さまです。大変、素敵ですわ……旦那さまの見立てた花緑青色のドレスが本当によくお似合いで……」

湯浴みの雫を拭きとったあとで白粉をはたき、コルセットを締めたり、指先を整えたりと言った作業は、ひとりでは大変だからだろう。

まるで元から打ち合わせてあったかのように、途中から手伝いの侍女が増えていたのだが、彼女もセシリア同様、ドレスを着たエレンを褒めちぎってくれる。

（なんだか……信じられない……）

扉をノックする音がして、

「支度ができたら、レジストリーオフィスに向かいますから、お知らせください」

という執事の声がした。

娼館までラグナートと一緒にやってきた人だ。先ほどはミスター・バレルと呼ばれていただろうか。

ミスター・バレルのきっちりとなでつけた黒髪には白いものが混じっているが、老人というにはまだ若い。

壮年の執事はこの屋敷のことを順次よろしくとりはからっているのだろう。

適切なタイミングを見計らって、使用人を動かす術を心得ているようで、セシリアにはエレンのドレスの裾を持ちながらついてくるように指示し、もうひとりの娘には、別の仕事を言いつけていた。

「レジストリーオフィス？」

レジストリーオフィスとは、つまり登記所《とうきじょ》のことだ。

(わたしの所在が変わった手続きでもあるのかしら？　それとも借金がラグナートに移行した手続きのため？)

長い間、エレンはコリッジ家の財産のようなものだった。

どこの家でもそうだが、娘というのは父親の所有物として扱われる。

だから、エレンはコリッジ家の借金のために売り払われたのだ。

そうやって移動させられた財産は、土地を売買したときのように、登記するのかもしれない。

「遠いの？　いま何時かしら……のんびり湯浴みしていたから、オフィスが終わってしまわないかしら？」

廊下を歩きながら、エレンは背後のセシリアにひそひそと訊《たず》ねた。セシリアはエレンと同じくらいの年に見え、気易《きやす》く話しかけやすかったのだ。

「近くですし、旦那さまが人をやって開けてもらってるそうですから、大丈夫ですよ。でも少しは急ぎませんと」

ひそひそ話をしているうちに、自然と歩みが遅くなっていたのだろう。廊下の角のところでミスター・バレルが振り返って待っていた。

慌てて追いつき、屋敷のエントランスを通り抜けると、アプローチにはすでに、ラグナートが不機嫌そうな顔で立っていた。

屋敷に帰ってきてから着替えたらしく、黒のフロックコートではなく、白いシャルワーニーを着ている。

（ああ……やっぱりラグナート……）

99％は確信していても、名前を呼んだときに返事をしてくれなかったから、あるいは知己の彼ではないのではと、疑ってしまっていた。

でも金糸の縁取りにガラスビーズで模様を描いた上着を着た姿は、エレンのよく知るラグナートだ。

ほっとするあまり、エレンは満面の笑みを浮かべて馬車と彼に近づいた。

「ラグナート……その、お待たせしてごめんなさい」

いつもの、図書館で出会ったときのように気易い口調で呼びかける。

そうしたらきっとラグナートも、

「そんなに長くは待たなかったし、大丈夫だよ」

なんて他愛《たあい》のない返事とともに、はにかんだようないつもの笑みを浮かべてくれるはず——。

そう信じていたのに、実際には違った。

ラグナートはエレンが近づくと返事をするでもなく、馬車のなかへ入っていってしまったのだ。

その態度に、エレンは少なからず傷ついた。

(べ、別に……さっきのセシリアみたいに褒めてほしかったわけじゃないんだから……!)

そんな強がりを心で呟いても、唇は拗ねたように尖ってしまう。

自分のいまのドレス姿は、一言も声をかけたくないほど、なんの感銘も湧き起こらないのだろうか。

思わず、ドレスを摘まみあげて、いま一度、鮮やかな花緑青色の裾のドレープを眺めた。

(形だけ見栄えよくしたところで、どうせ、わたしは金で買われた花嫁ですものね……)

心のなかに拗くれた気持ちを抱いたまま、セシリアの助けを借りて、ドレスの裾を引っ張り上げながら、エレンも馬車の席に着いた。

動き出した馬車の車窓から、並木道を眺めると、日射しはまだ十分明るい。

ちらりと沈黙したままのラグナートの横顔を盗み見ると、さっき綺麗なドレスを着させられて浮き浮きした気分が嘘だったかのように、エレンの心は憂鬱に沈んだ。

（いっそ、レジストリーオフィスが閉まってしまえばいいんだわ……）

夏の日は長く、時間の感覚がわかりにくいが、いっそ夜に近い時刻になっていればいい。

公証人は帰ってしまっていて、エレンの負債はまだ娼館に残ったままになる。

明るくて美しい景色を通り抜けながらも、エレンは心のなかでそんな呪いの言葉を呟き続けた。

しかし、エレンの呪いも虚しく、レジストリーオフィスはやっぱり開いたままだし、公証人は自分たちの領主であるラグナートをよろこんで待っていた。

初めからわかっていたことなのに、なにもかもがエレンの思うままにならないことに、軽く絶望する。

しかも、ラグナートときたら、エレンに声をかけたのは、

「エレン、署名をして」

の一言だけなのだ。

甘やかな言葉をかけてほしいというのは、友だちに期待してもいい領分だと思う。

エレンの身勝手かもしれないが。

言われるままにペン先をとり、菫色《すみれいろ》のインクで『エレン・コリッジ』と投げやりな文字を書いた。

「どうぞ、証明書をお持ちください」

タイプライターでカタカタと文字を打ってくれた公証人が、眼鏡の鼻を押し上げながら、にっこりと笑う。

しかも、ラグナートはこれで用はすんだとばかりに、そのままくるりと踵《きびす》を返し、レジストリーオフィスを出て行ってしまった。

おかげで、エレンだけが公証人に「ありがとう」とお礼を言う羽目になってた。

(自分が売り買いされた書類を処理してされたというのに、なぜわたしが……不条理だわ)

むっとしながら、ラグナートの後を追おうとしたエレンに、公証人が慌てて声をかける。

「奥さま、大事なものをお忘れですよ!」

すっと差し出された一枚の紙を受けとり、一歩、二歩と歩いたところで、はっと目を瞠《みは》る。

「結婚……証明書……!? ま、まさか」

いったいどういうわけなのだろう。受けとったのは、エレンとラグナートが結婚したことを告げる書類だった。

思わず足を止めて、書類の文面をいま一度目で追う。しかし、そんなことをしたところで、書類の文面が変化するわけもない。

エレンは公証人がタイプライターにカバーをかけ直そうとしているカウンターまで戻り、驚きのあまり上手く回らない舌を必死に動かした。

「あ、あの……これ——なにかの間違いでは!?　わ、わたしはその……てっきり……」

借金の負債を変更する書類なのだとばかり思っていた。実際にそんな書類が必要なのかどうかもわからないというのに。

眼鏡の度が合っていないのだろう。公証人はまた眼鏡をずり上げて、エレンが指し示した書類に目を近づけた。

「んん？　もしかして綴《つづ》りでも間違ってましたかな？　……大丈夫です、奥さま。結・婚・証・明・書——間違いありません。ラムゼイ公爵直々から頼まれていたものですから、気をつけて打ちましたよ」

「え………」

ラムゼイ公爵直々から頼まれてという言葉に、またしても衝撃を受けた。

打ちのめされたと言ってもいい。

（じゃあなぜ……ラグナートはなにも言ってくれなかったの？　わたしが誤解しているかもしれないことはわかっていたでしょうに、なぜ、きちんと説明してくれなかったかしら？）

渦巻く疑問と不満は、しかし公証人に向けるべきものではないとわかっている。

だから、エレンはまた挨拶をして、レジストリーオフィスを出ていくしかなかった。

どちらにしても、自分は本当にラグナートと結婚してしまったらしい。

エレンとしてはまるで実感がないのに、目まぐるしく環境が変わるなかで、唐突に自分を『ラムゼイ公爵の花嫁』という形に押しこまれた気分だ。それも、ほとんど無理やりに。

馬車の側に立つラグナートは、エレンの姿を見るとまたなにも声をかけてくれずに、馬車に乗りこんでしまった。

いっそ先に乗っていてくれたほうが、なにかを期待しなくてすむのにと、ため息を吐きたくなってしまう。

それでも従者がエレンのために扉を開いて待っているから、ドレスの裾を摘まみあげながら、ステップを上ってラグナートの隣に収まった。

馬車の狭い室内に入ると、なおさら沈黙が重い。

(どうしてラグナートが娼館にいたの？　どうして引きとったわたしと正式な結婚証明書までとったの?)

――本当に、わたしでいいの?

その問いをラグナートに投げかけて、答えを知りたくて知りたくて仕方がなかった。

それでいて、望む答えが得られないくらいなら聞きたくないとも思う。

(わたしの悪い癖だわ……)

影のなかに潜むなにか。エレンを憂鬱に追いやるなにか。

それは父親であるコリッジ男爵の作った負債だけではなく、生半可な期待をして裏切られたくないというエレンの心が作る怪物でもあった。

ラグナートの意図がわからないのに、この結婚を喜んでいる自分が心の片隅にいる。

それでいて、儚《はかな》い期待が裏切られるのが怖い。

（わかったいたはずなのに……期待させないで、お願い……）

動き出した馬車が、がらがらと石畳の道を行く音を聞きながら、エレンは震える指を合わせて祈るしかなかった。

# 第四章　微熱に浮かされたような初夜

遅咲きの薔薇《ばら》が濃厚に薫る夜だった。

何度か馬車で熟睡したせいだろうか。疲れているはずなのに、妙に目が冴えて、これから起きることについ考えを巡らせてしまう。

夫婦の寝室だと案内された部屋は、天蓋のベッドにかかるカーテンも真新しく、ラグナートが花嫁を迎えるために用意していたのだとわかる。

(その花嫁がわたしだと知って、ラグナートはどう思ったのかしら……)

がっかりした？　それとも、知り合いでほっとした？

知りたいような知りたくないような、二律背反の感情がエレンのなかでひたすら渦巻いた。

同じことはエレン自身にも言える。

娼館で見知らぬ人に身を売らされるより、ラグナートに買われたほうが、うれしいのだろうか。

自分の心に問いかけると、拗くれた心のエレンがこう言うのだ。

『でも、見知らぬ人が相手のほうが、心を殺したままでいられたじゃない』と——。

（インドの哲学風に言うとこれが因果とかいうものなのかしら……無関係の人より、もとから関わりがある相手のほうが、なにかを考えるのが難しい……）

まるで身の回りに見えない薄布が絡まっているかのように、身動《みじろ》ぎしようとしても不自由で、もどかしい。

もし見知らぬ人が相手だったら、買われた女らしく振る舞うのは、もっと簡単だっただろう。心を凍りつかせて、なにも感じないように閉じこめて。

正直に言えば、それは大学の寮で暮らす前のエレンの生活そのものだった。

実家でのエレンは、いつ実家が破産し、自分が金と引き替えにどこか酷いところへ嫁がされるに違いないと、息を詰めるようにして暮らしていたからだ。

一度、抑圧から解き放たれた暮らしを知ったからと言って、長年慣れた暮らしを簡単に忘れるわけがない。

自分が酷い生活に墜《お》ちていくことは、ある意味、当然のことで、傍で見るより辛いことではなかったのだ。

自由を知るまでは。

豊かな感情の発露を知ったあとで、もう一度封じこめるのは難しい。

ぐらぐらした感情がどっちつかずに揺れて、買われた女として振る舞うのを難しくしている。

「ああ……でも……」

仮面をつけたラグナートを思い出すたびに、やはりまたエレンの心は乱れてしまうのだった。

(娼館で処女だと確かめられたことを思い出してはダメ……)

白い寝間着姿でベッドの上に座ったまま、エレンは目蓋の奥の光景を振り払うように頭を振った。

半ば無理やり半裸にさせられてローテーブルに仰向けにされたのは、屈辱的な出来事だった。

その体験がまだ生々しいうちに、その続きをさせられる羽目になるなんて、誰が想像しただろう。

娼館でのラグナートの振る舞いは、嗜虐《しぎゃく》的でさえあった。

大学で一緒に過ごした友だちのラグナートと。

仮面をつけて漆黒の服を纏《まと》っていたラグナートと。

(どちらか本当の彼なのかしら……)

エレンが緊張しながら待つ理由の一端はその問いにあった。

扉を開けて入ってくるラグナートはどちらの彼なのか。

それによって、エレンも被る仮面を変えなくてはならない。

娼館での彼を畏れる気持ちもある一方で、友だちに抱かれるのかと思うと、どんな顔をしてベッドで待てばいいのかわからなくなる。

気持ちの振り子が大きく揺れすぎて、気分が悪くなりそうになったところで、隣の部屋の柱時計がボーンボーンボーン……と響きのいい音で、十一回鳴った。

はっと顔を上げると、扉のノブがガチャリと大きな音を立てて回る。

(待って……まだ心の準備が……できていない……！)

ラグナートの身に纏うシャルワーニーの裾が、扉の陰で翻るのを見た瞬間、エレンはベッドから唐突に立ちあがっていた。

寝室はかつてのエレンの自室より広いが、隠れられるような場所があるほど広くはない。

立ちあがってベッドから離れたものの、窓際でエレンは進退窮まってしまった。

「どこへ行くつもりだ？」

エレンの行動を、逃亡だと思ったのだろう。

冷ややかな声は、娼館で聞いたのと同じ酷薄な響きを帯びていた。

「べ、別に逃げる……つもりでは……なくて……その」

後ろ手でカーテンの襞《ひだ》を弄び、なにかいい言い訳はないかと、視線を彷徨《さまよ》わせる。

とっさにエレンが身につけた仮面はなんだったのだろう。

少なくとも、娼館にいたときに被ろうとしていたものとは違っていた。

白いシャルワーニーを着ていても、中身は仮面を纏ったほうのラグナートだと悟ったはずなのに、エレンのほうは『買われた花嫁』の仮面を被ることができなかった。

(ああ……だから、そうじゃなくて……)

友だちとして対等に振る舞うのは、いまは無理だ。それなのに、見た目だけはいつものラグナートがやってくるから、エレンの心は上手く切り替えられなくて迷う。

でもそれはラグナートに告げていい迷いではなくて。

(……怒ってる?)

お金をかけて自分の財産にした女が逃げ出そうとしたのだ。怒って当然だろう。

なのに、エレンが勇気を出してラグナートの顔を見ると、彼は傷ついた少年のようにどこかショックを受けた顔をしていた。

「ラグナート……?」

思わず、手を伸ばすと、はっと我に返ったように表情を変える。

どこか痛いのだろうかと心配して差し出した手は、しかし、乱暴な手つきで手首を掴まれてしまった。

「君は自分の立場がわかってないようだな」

「あ……！」

腕を強く引かれ、よろめいた体はラグナートの腕に勝手に収まった。

抱きしめられて、ドキリと心臓の鼓動が跳ねる。

ラグナートの腕の力がやけに強くて、それにも心がぐらぐらと動く。かぁっと、頬が火照ったのを知られたくなくて、とっさに言い訳めいた言葉が飛び出た。

「言われなくても、わかってるんだから……ラグナートがわたしを買ったことくらい」

買われたことを思えば、友だちとしての自分を忘れなくてはいけない。

そのほうが心が惑わされなくて、気が楽だ。

（そうよ。ラグナートに抱きしめられてどきどきしているなんて……ちょっとした気の迷いなんだから……）

そうやって自分に言い聞かせていると、ふっと、娼館にいたロクサーヌの言葉が頭を過ぎった。

――『仮面をつけてくるような貴族はみんな訳ありだ。気をつけな』

仮面の紳士がラグナートだと知ったあとも、エレンはその事実を上手く呑みこめないままでいる。

(なんで……ロクサーヌの言葉を思い出してしまうの……)

不吉な予言のような言葉は真実なのか。

あるいは、ロクサーヌ自身が、たまたま妄想しやすい性質の娘だったのか。

エレンにはもう確認しようもないことなのに、あの言葉は、仮面の紳士の漆黒の外見とともに、エレンの耳にこびりついてしまっている。

まるで、ふとした拍子に、思い出したように鼻につく薔薇の香りのようだ。

思い出した途端に、香りが一段と濃厚になったように感じられて、くらりと眩暈がする。

大学で友だちだったときのように、気易い口を利いてはいけないとわかっているのに、どうして、と悲鳴のように叫んでいる自分もいた。

(どうして？　ラグナートがあんなふうに娼館にわたしを買いに来なければ、こんな気持ちにならなかったのに……)

そうすれば、ラグナートとの思い出は、大学の図書室の静かな空気とともに心の底に眠ってしまうはずだった。

心のなかの彼は穏やかで、正体を隠した訳ありとして娼館に来ることもなければ、花嫁を金で調達したりしない。

エレンは永遠の友だちを手に入れることができたはずなのだ。

けれども、実際にはそれこそ妄想に過ぎなかった。

夏の日の、なかなか暗くならない地平線のように、時計の針だけは夜を差していても、暗くならないうちは夜だと思うのは難しい。

しかし、やはり夜は夜だし、いつまでも明るいからと油断していると、あっというまに暗闇のなかにいる羽目になるのだ。

「そうだ。俺は君を買った」

抱きしめられたまま、ラグナートの冷ややかな声が降ってきて、エレンははっと身を強張らせた。

「だから俺は、自分が金を出して買った女を好きにする権利がある……そうだな？」

念を押すように問われると、またエレンのなかの感情がふて腐れたように捻《ねじ》れた。

「逆らうつもりなんて……ありません。どうぞお好きになさってください」

つい反抗的な態度が表に出てしまう。

『買われた花嫁』という仮面を被るのが、どうしてもうまくいかない。

（こんな言い方をしたらダメだってわかってるのに、わたしってどうしてこう、かわいくないのかしら？　また娼館のときのような目に遭わされるんだわ……）

友だちならまだしも、立場の強さが天と地ほども違う妻の態度としては、完全に失格だろう。

それがまた、自分が困った立場に追いこまれる原因だとわかっている。わかっているというのに、エレンの妙なところについているプライドが勝手に反応して、相手から同情を買うような振る舞いができないでいるのだ。

（お父さま相手だって同じこと。もし、わたしが大学なんて行かずに家のことをやっていて、泣いてすがって、自分を売らないでくれと頼んだら、せめて娼館に売られるようなことはなかったかもしれない……）

コリッジ家の経済状態を考えたら、結局は同じことかもしれないが、少なくとも弟と会わないまま、すぐに娼館にやられるような羽目には陥らなかったかもしれない。

――わかっているのだ。自分の性格にも問題があるということは。

エレンの陰に潜む憂鬱は、悔恨の苦い味をも連れてくる。

いまはその苦さを味わって反省している場合ではないというのに。

ラグナートの腕のなかで、エレンはぎゅっと拳を握りしめて覚悟を決めた。

（どんなふうにされたっていいように、心を凍りつかせていればいいのよ……）

彼はエレンの友だちではなくて、娼館に現れた仮面の紳士なのだ。

ロクサーヌの言う訳ありの客で、自分では結婚できないからこそ、大金をはたいて花嫁を買いに来た――そんな人だ。

ラグナートの立場が実際はどうだったのか、正確なところをエレンは知らない。

そのころのイギリスでは異国趣味が流行しており、インドの藩王――マハーラージャの仮装は大人気だった。仮面舞踏会が開かれれば、何人もの白い肌のマハーラージャが現れる。

植民地の王とはいえ、貴族たちがインドの藩王という身分に敬意を払っていたのは確かだ。しかし、同時にそれは多くの貴族にとっては優越感の裏返しでもあった。

異国情緒に強く憧れながらも、自分たちの仲間には入れたくない。

その二律背反の感情を抱くのが、貴族たちだったからだ。

ケイトリンをはじめとして、ラグナートに懸想していた令嬢はたくさんいた。しかし、その感情がただの思慕なのか物珍しさだったのか、はたまた本当に恋い焦がれていたのは彼が持つ莫大《ばくだい》な資産だったのか、判断するのは難しい。

エレンのなかの分析好きの部分は、彼が『訳あり』と思われても仕方がない理由をよくわかっていた。

（でも、だからこそラグナートとわたしは友だちになれたんだわ、きっと……）

エレンは没落貴族の奨学生という立場ゆえに。

ラグナートは異国の血を引く公爵という特異な存在ゆえに。

ふたりとも貴族のソサエティとは一歩離れたところにいたのだ。

（ああ……だから、そうじゃなくて……）

心を凍らせようとする次の瞬間には、ラグナートの肌の色を見てエレンはまた迷ってしまう。

友だちに抱かれる心構えなんて持ち合わせていない。

びくんと身を強張らせたエレンに、ため息を吐くような声が降ってきた。

「エレンは案外、勝ち気で、強情で、人に頼るのが下手で……不器用だな」

こういうところがずるい。

友だちのときでもめったにかけてくれないようなやさしい声に、またしても被ったばかりの仮面を剥《は》がされてしまう。

しかも、どきり、とエレンの鼓動が甘く跳ねたのに気づいたのかどうか。

ラグナートの手がエレンの顎に伸びたかと思うと、急に顔を上向かされる。

不意打ちのように、キスが降ってきた。

「え……——んんっ⁉」

仰向けの苦しい姿勢に覆い被さるようにして、唇を塞がれる。

唐突な事態が理解できなくて、そのまま背中から倒れそうになった。

背中を支えられながら、押し付けられた唇が一度離れ、また位置を変えてエレンの唇を啄《ついば》むように動く。

喉を開かされた状態で口付けられて、体に力が入らなかった。

「ンンぅ……んん……ふ、ぅ……は、ぁ……んんっ」

一度離れて呼吸が楽になったかと思うと、下唇を食《は》まれて、くすぐったくさせられる。

ラグナートの唇が動くと、甘やかさに胸が満たされるのと、なぜか腰の奥がぞくぞくしてくるのと。

息苦しいのもあって溺れていく心地に陥る。

なにかにしがみついていないと、自分が溶けてなくなってしまいそうで、エレンは必死に腕を動かして、ラグナートの首回りに抱きついた。

「ラグナー……ト……ん、ぅ……」

なにか酷いことをされるのかと思っていただけに、不意打ちの甘さに頭の芯が蕩《とろ》かされてしまう。

ようやっと、ラグナートの唇から解放されたあとも、はぁはぁと肩で荒く息をしていた。

（動け……ない……）

頭が酩酊《めいてい》状態で、ラグナートの支えをなくしてしまったら、その場にくずおれてしまうのは間違いなかった。

「じゃあ、はじめようか。君の言うとおり、好きにさせてもらう」

ラグナートはそう言ってエレンの体を軽々と抱きあげると、あっさりとベッドまで連れ戻した。

「これから初夜を迎えようって言うのに、逃げようとするとは思わなかったが……もう、逃がさない」

ベッドの上で覆い被さるようにして囁かれる。

それは、娼館での行為の再現のようでいて、なにかが圧倒的に違っていた。

（わたし……本当にラグナートのお嫁さんになってしまうの……？）

たかが紙切れ一枚だと思ったのに、結婚証明書という確かなものがあると思うだけで、ここから逃げてはいけないという気にさせられた。

まるで風に吹き飛びそうだった手紙を机の上に留める文鎮のように、結婚証明書はエレンの心をラグナートの元に留めている。

確かにエレンは金で買われた花嫁かもしれない。それでも、いまベッドの上でラグナートに抱かれる行為は、借金があるから娼館で客をとらされるのとは、似て非なるなにかだ。

ラグナートの骨張った手が寝間着の前を留めていたリボンを解き、胸の谷間を露わにする。

そんなささいな出来事さえ、甘やかな空気に満たされていた。

初夜のために用意された寝間着だからだろう。脱ぎ着がしやすい構造になっていて、リボンを解くだけで、簡単にお腹《なか》まで開く。

「夏でもきっちりと肌を隠す格好ばかりしているから、想像したことがなかったけど……」

ラグナートは寝間着を体から外したあとで、下乳から持ち上げるように掴んだ。

「こんなに豊満な体つきをしていたんだな……知らなかった。ふるいつきたくなるような……男を誘う体つきだ。もし、あのまま娼館にいたら、この体で何人の男を虜《とりこ》にしただろうな?」

片方の手で乳房をゆっくりと揉みしだきながら、もったいつけた手つきで臍回りまで撫《な》で回していく。

すると、さっき逃げ出したことなんて嘘のように、エレンの体はラグナートの愛撫に生々しい反応を見せる。

腕を掴まれていたのとは違う。指先で刻むようにゆったりと侵された肌が快楽を知って、しっとりと弾力を増していく。体の芯で、ざわりと欲望の火が掻き立てられて、エレンはたまらずに、鼻にかかった声を上げた。

「わたし、男を誘う体つきなんて、してな……んんっ、くすぐった……ッ!」

地味で顔立ちも目立たない女。それが大学でのエレンの評価だったはずだ。

たとえいま、薄明かりに浮かび上がる双丘や寝間着の薄布に包まれた太腿が、やけに淫らに見えたとしても、それは灰灯りのせいか、部屋を濃厚に包む薔薇の香りのせいだ。

エレンはなにもしていない。

まさかラグナートからそんなことを言われるとは思わなかった。心外だ。

「へぇ……そうかな？　君は確かに処女だったけど、初めての割りに感度がよかった……淫乱の才能がある体だよ……エレン」

顔を寄せられて、耳元で低く囁かれると、色香を帯びた声にぞわりと耳が侵される。

肌を嬲られるのとはまた違う犯され方に、エレンの半裸の体がびくりと戦《おのの》くように震えた。

（ラグナートのほうこそ……なんなのその声は……ッ！）

かぁ、と頬が熱く火照り、真っ赤に染まる。

人を惑わせて、堕落へと誘う声だ。

元から彼は低く響きのいい声をしていたが、耳元で囁くだけで、こんなにも震え上がるような色香を漂わせるなんて。

エレンは知らなかった。少なくとも、これまでのエレンは見たことがない彼の姿だ。

いつもの彼が天使のように無垢《むく》だったとすれば、娼館で黒を纏っていた彼は、悪魔のように淫靡《いんび》な色香を纏って、エレンを惑わせている。

正直に言えば、彼が淫靡な誘いを見せるとき、エレンの心はどきまぎと高鳴っていた。

その心の変化が体にも影響を与えているのだろう。

太腿の上を蠢くラグナートの体に合わせて、エレンも体をくねらせてしまう。

「エレン……違うというなら、君がどれだけ淫らな女かこれから少しずつ暴いて見せようか？」

また、エレンの頭の芯をじん、と痺《しび》れさせるほど、色香を帯びた声が耳朶《じだ》を蹂躙して、そのまま耳裏にちゅっと口付けた。

エレンのことをどれだけ蹂躙するつもりなのか。

体は犯されても心だけは凍りつかせたまま、誰にも触れられたくないのに、耳元で囁かれるだけで、隠してきたはずの自分が露わになってしまいそうになる。

しかも、ラグナートの唇が立てる音がさらによくない。卑猥《ひわい》と言うより、やけに甘ったるくて、エレンはかぁっと耳まで熱くなるのがわかった。

これから体を犯すと言われたはずなのに、唇の動きはまるで睦言みたいだ。

ちゅっ、ちゅっ、とわざとらしいまでに音を立ててバードキスで耳裏を啄まれるたび、愛している、愛している、と繰り返されているような錯覚に陥る。

（違う……こんなの、別に……ただ彼はわたしの体を弄ぼうとしているだけなんだから……）

ラグナートの唇の動きとは別に、彼の指先がエレンの胸を揉みしだいていて、愉悦を掻き立てるのを忘れてはいなかった。

腰を撫で回す手つきのいやらしいことといったら。

娼館で触れられたときに、臍や腰回りを撫でられると弱いことを知られてしまっていたから、性質《たち》が悪い。肌の弾力を確かめるように、すーっと指を滑らされると、エレンの腰はびくんと跳ねた。

「ふぁっ、あぁんっ……く、ラグナー……ンあぁ……ッ」

くすぐったい。もどかしい。

――いっそもっと荒々しく触って。

そんな言葉を欲望のままに吐き出しそうになって、慌てて言葉を飲みこんだ。

手袋で触れられたときよりも、素手で肌を愛撫されるほうが、より生々しく愉悦を呼び覚まされてしまう。

ラグナートの手の動きもそうだけれど、彼の手の温度を感じるたびに、やけにその手が熱い気がして、自分の唇から、はぁ、と熱っぽい吐息が零れるのがわかった。

「ほら、エレン。キミの体は君より正直だ……微熱でもあるかのように熱っぽい肌もたわわな胸も俺の手に吸い付くようだ……それに」

その言葉をいま一度確認するかのように腋窩から乳房まで指を滑らせて、両手で双丘の先を集めるように抓んだ。

「ほら、見てごらん、エレン。君の胸の先はこんなに硬くツンと尖《とが》って……かわいい。ほら、俺を誘っているみたいじゃないか……」

そう言いながら、ラグナートはエレンの胸の赤い蕾に舌先を伸ばした。

「んあっ……あっ、あっ……誘ってなんかな……ふぁあんっ！」

舌先がちろり、と胸の先を掠めただけなのに、とっさに鼻にかかった声が出ていた。

触手のようにやわらかいものが、触れるか触れないかといったかすかな蠢きで、胸の先をつついたあと、ゆったりとあめ玉を舐《ねぶ》るように括れを辿《たど》っていく。

くすぐったいような甘痒いような疼きが湧き起こり、ラグナートに上に乗られていても、体がもどかしく揺れてしまう。

「あ……あぁ……やぅ、はぁ……ンあぁっ――ひゃ、あぁんっ！」

少しずつ少しずつ舌使いが激しくなったかと思うと、もう片方の胸の先を指先で抓まれ、甲高い嬌声が迸《ほとばし》った。

びくびくと、体が跳ねて、快楽の波が背筋を駆け上る。

「あぁ……ん……――」

胸を弄ばれるだけで、軽く達してしまった。

口付けを受けても紅が残っていた唇から、しどけない吐息が零れた。

（なんで？　わたし……こんなことで……嘘……）

感情は困惑しても、愉悦を覚えたばかりの体は、心地よく気怠さを貪っている。

「もうイっちゃったのか。君の体は淫乱なことの物覚えがいいようだ……もっともっと愉しんでいいよ、エレン。かわいい胸を弄ばれて、溺れてしまえ」

その言葉はまるで呪いのようにぼんやりしたエレンの頭に降りかかり、支配する。

「や……わたし……溺れたくなんかな……い……」

エレンはむずかる子どものように首を振った。

別にラグナートに抱かれるのは仕方ない。花嫁として買われてきたのだし、結婚証明書もある。

相手が彼じゃなくても、結婚した場合に、肉体交渉を拒否しようとは思わない。でも、それと快楽に耽溺《たんでき》させられることはまた別だった。

「快楽に溺れたくない？　君の体はこんなに素直なのに……強情だね、エレンは。では、君の体をゆっくりと調教してやる。愉しませてもらえそうだ……」

ラグナートは話をしながら自分のシャルワーニーを脱いでベッドの外に投げて落とし、飾り帯を解き、下肢からもクルターパジャマを脱ぎ去った。

普段、白い上着に覆い隠されていたせいで、エレンは想像したこともなかった。

エレンの身の回りにいた男性——父親や弟と比べると、ラグナートは精悍《せいかん》な体格をしており、浅黒い肌にしなやかな肉体は淫靡な魅力を放っていた。

さっきラグナートはエレンの胸をかわいいなどと言ったが、彼の肉体はギリシャ彫刻の均整のとれた裸体そのものだった。白っぽい乳頭が浮かび上がるさまさえ、妖しく目を奪われてしまう。

穏やかに話をする彼でさえ、エレンには分不相応だと思っていたのだ。その上、裸体の精悍さを見せつけられて、なおさら、相手が自分でいいのだろうかと気後れしてしまう。

ラグナートが衣服を脱いでいるうちに、エレンがベッドの上で後退《あとずさ》りしたのを気づかれたのだろう。

寝間着の裾を掴まれ、エレンの怯《ひる》んだ気持ちをも打ち砕くように、無理やり薄布を引き裂かれてしまった。

「あ……あぁ……」

もともと、初夜のために着ていた寝間着だから、下着を身につけてはいない。

半分ほど脱いでいた布を裂かれて、エレンはあっというまに裸体を晒す羽目になっていた。

昼間、コルセットだけを腹に残した格好で膝を割られたときには、羞恥と困惑で眩暈がしながらも、まだ耐えられた。

仮面の紳士はラグナートではない可能性もあると自分に言い聞かせ、娼館で客の要望に応えるのは当然だと、今後、自分がやらされるかもしれない屈辱を耐えるために、気持ちを奮い立たせていたのだ。

でもいまは相手はラグナートだとわかっているし、彼に裸体を見られていると思うと、とまどうほどの羞恥がこみあげてくる。

かぁっと頭の芯まで熱が上がり、とっさに腕で胸を隠していた。なにか寝間着の代わりに体を覆い隠してくれる物はないかと視線を彷徨わせる。

その動きさえ、気に入らなかったらしい。

ラグナートの手は無理やりエレンの腕を胸からはずすと、

「胸を隠すのは許さない。逃げだそうとするのも。シーツを握って手を離すな」

そう言ってエレンの手を脇に置くと、エレンの胸をまた下乳から掴んで、唇を寄せた。

「ひゃ、あぁ……んっ、痛……っ！」

乳房の先端近くに唇を寄せられた途端、また赤い蕾を舐《ねぶ》られるのかと期待している自分に驚いてしまった。

エレンが声をあげたのは、ラグナートの思《おも》う壺《つぼ》だったのだろう。双丘の向こうで、彼が魅惑的な笑みを浮かべているのが見えた。

赤い舌を伸ばされて乳房に舌を這《は》わされたあとで、きつく吸い上げられる。

快楽を感じさせられたあとで、違う刺激を与えられると、感覚がより鋭敏になるのだろう。

するりと、脚を絡ませるようにラグナートが身を乗り出すだけで、肌が総毛立った。腰の奥が痛いほど疼いてしまう。

「っあぁ……ふ、ぅ……はぁ、ん……やぁ、動かないで……ラグナー……ひゃあんっ」

動かないでとお願いしたそばから、腰を抱くように手を滑りこまされて、甲高い声が飛び出た。

そこに触れられると弱い。自分でもびっくりするくらい、びくんと体が跳ねて、ぞわりという悪寒めいた震えに体が侵されていくようだ。

しかも腰を密着した状態でラグナートの唇が肌の上を蠢いて、鎖骨にも首筋にも吸い上げた痕を残していくから、ぞくぞくした震えがいつまでたっても収まらない。

「んっ、あぁ……痛……ンあぁっ……あっ、ふぁン……ッ!」

(ただ自分の血筋を分けた子どもを作るだけなら、早くすませてくれればいいのに……)

自分の感じるところを次々と暴かれるというのは、なんて心許《こころもと》ないのか。

エレンの声がまた一際高くなったのを見透かされたように、下肢の狭間に指を伸ばされ、どきりとした。

「へぇ……まだはじめたばかりなのに、ずいぶん気持ちよくなってるようだね……エレン？ こんなに濡れているなんて」

指先で淫唇の割れ目を辿られると、ぬぷりと、粘ついた液の感触があって、自分でも信じられない。

その液を指先に絡めて動かされると、滑らかな刺激がまた愉悦を掻《か》き立てて、不穏な気持ちになるほど心地よかった。

「どうし、て……いや……こんなの……ンあっ、あぁんっ！」

自分で自分の体の変化が受け入れられない。

娼館で体をあらためられたときもそうだったけれど、本当に自分は淫乱なのだろうかと、泣きたい気持ちになった。

「いやらしい体だ……エレン。男を誘って堕落させる……ほら、こんなにも蜜を零して。君の臭いが濃厚に匂うよ」

片膝を立てられて、下肢の狭間を開かされると、確かに性欲を掻き立てる濃厚な臭いが薔薇の香りに入り混じった。

「や、だ……ラグナート。見ない……で……」

言っている側から、彼の強い視線がエレンの蜜口に注がれている気がして、また柔襞がひくつくのがわかった。

まるで、見ないでと言いながら、見られたくて仕方ないと淫靡に誘っているかのようで、また二律背反の欲望に心が裂かれそうになる。

「見ないで？　こんなに蜜を零《こぼ》して、ひくひくと動いて誘っているくせに……ほら、気持ちいいって言ってごらん？　エレン」

思考が蕩けそうなエレンの頭に、ラグナートの色香を帯びた声が響くのはさらに辛い。

いっそ考えることをすべてやめて、その妖しい誘いを受け入れてしまいたくなる。

（でも……だって……ダメ。こんなの……）

エレンはもう声を立てて否定する余裕すらなくて、むずかる子どものようにいやいやをするのが精一杯だ。

そんなエレンの様子すら愉しむように、またつぷりと蜜口で指を動かされて、息を呑んだ。

びくんと体が跳ねて、また愛液の臭いが強くなる。

見られているのが嫌で、体の芯も疼いて。

太腿を擦り合わせたい心地にさせられるのに、膝を押さえられているせいで、ままならない。

「ひゃあっ、あっ、あっ……やぁ、舌はもっと……嫌ぁ……あぁんっ、あっ、あぁっ……！」

ぞくぞくと腰が揺れたところで、下肢にラグナートの頭が沈みこんだ。かと思うと、艶めかしいやわらかいものが淫唇の敏感な場所で蠢いて、ぞわぞわと官能が激しくなる。

ぬるりと淫唇の割れ目を舌先で辿られたあとで、ラグナートの吐息を感じるだけでも耐えられないのに、ちゅるっと愛液が零れたところを吸い上げられると、ダメだった。

頭の天辺《てっぺん》から爪先まで、電気に触れたときのようなしびれがエレンの体のなかを駆け巡り、びくんと背を仰け反らせる。

「あっ、あっ、あぁ……あぁんっ――ン、あァ……――ッ！」

びくびくと体が跳ねるのに合わせて、短い嬌声を上げたあと、またしても絶頂に上り詰めさせられてしまった。

頭の芯まで快楽に蕩ける狭間、ラグナートがくすりと笑いを零すのを聞いた。

「ほら……気持ちいいんだろう、エレン？　君の『嫌』は『気持ちいい』って意味だ……次から、『嫌』は許さない。エレン……『気持ちいい』だ。言ってる意味がわかるな？」

低い声が嗜虐的に響いて、エレンの思考を支配する。

（気持ち……いい……あぁ、でも……）

ふるふると、欠片ばかり残っていた理性が、涙を流しながら抗う。

無駄な足掻きだとはわかっている。なのに、心地よすぎて受け入れるのが怖いのだ。

「や、だ……ラグナート……ダメ。舌は……ひゃあんっ！　あっあっ、やぁ……やっ、気持ちいい……ッ！　気持ちいいから……」

　慈悲を希《こいねが》おうとした瞬間、愉悦を感じて痺れている淫唇にまた舌を這わされたから、たまらない。

　――もう許して。

　びくびくと体が跳ねて、わずかな強がりなど吹き飛んでしまった。

　しかも、陰毛を梳《す》くように指を入れられると、淫唇に舌を這わされるのとは別の、淫靡な感覚が湧き起こり、悩ましい吐息がエレンの唇から零れる。

　体をくねらせる動きが、心地よいせいだとは知られているのだろう。

　腰から臀部《でんぶ》へと撫で回されて、ぞわぞわという体の疼きが荒ぶるのがわかった。

「あぁん……っどう、して……」

（どうしてこんなに感じてしまうの……どうしてラグナートの手に触られているだけで、こんなに乱れてしまうの？）

　下肢の狭間に蜜が零れるたびに、自分のいやらしさを感じていたたまれない。

　それなのに、蜜口ではなくとも、ラグナートの手がゆったりともったいつけて肌を愛撫するだけで、体の芯に火がついたように疼くのだ。

「エレン……こんなふうに触れた男は、僕だけだね？　ん？」

訊ねながら、答えを急くように、ちゅ、っと臍《へそ》回りに口付けられる。

そこも弱い。触れられたところからずくずくという鈍い快楽が広がるように、エレンの体を侵していく。

「あぁっ……はぁっ、あぁ……ンあっ……やぅ……」

冷静に答えるには、頭が蕩けすぎていて、エレンはこくこくと必死にうなずいた。

ラグナートがなぜそんなことを訊《き》くのか、わからない。

エレンは処女だったのだから、こんな行為をしたことはないとわかっているはずなのに。

はぁ、はぁ、と快楽に体が跳ねるあまり、肩で息をして、生理的な涙を流していると、ぎしりとベッドが軋む音がした。

ラグナートが体を起こして、エレンの視線を合わせていた。

「……ん、ンンぅ――！」

なにか物問いたげな視線を向けられた次の瞬間、声をかけられるより早く、唇を塞がれていた。

エレンの下肢に舌を這わせていたせいだろう。

舌に舌を絡まされると、苦いような変な味がする。ラグナートの肉厚な舌がエレンの口腔《こうこう》を蹂躙し、舌裏を撫でて、どちらともつかない唾液が絡まり合う。

「んっ、ンンぅ……ふ、ぅん……んぅ……」

口腔を侵されるのは、体に与えられるのとは違う快楽だった。

唇を塞がれて苦しいのに、頭の芯に蜂蜜を流されたように甘く蕩かされて、もっと口付けを続けていたい気にもさせられる。

「……エレン。口付けは？　君の下の口はほかの男を受け入れていなかった……でもキスしたことはあった？」

「知らな……い……そん、なの……」

いきなりなにを言いだしたのだろう。

キスに蕩かされた頭で思考するのは難しくて、しかもラグナートの舌に犯されて舌が上手く回らなくて。

エレンは辿々《たどたど》しい返事を返すことしかできなかった。

「知らない、じゃなくて……たとえば、ジェームズとだって君は親しかっただろう？　彼とキスしたことは？」

辛抱強く言い聞かせられて、エレンもぼんやりと考える。

「……なんで、ジェームズ？」

そんなに親しかっただろうか。確かによく話しかけられた気はするが。

彼が実家を継ぐために大学を辞めると言いに来たとき、エレンは同情する素振りをした。彼の身分や財産を考えると、どうしても卑屈な気持ちになってしまうからだった。

（あのとき、ジェームズはなぜ、わたしに大学を辞《や》める話をしに来たのかしら……？）

快楽に溺れそうな状態で記憶を探るのは難しい。

エレンはそれ以上、同級生のことを考えられずに、また首を振って答えるだけだった。

「別に……ジェームズとはそんなに親しくなかったし……キスした人もいない……わ……ラグナートが初めての……」

――キスだった。

無理やり体を犯されると思っていたのに、覆い被さるようにキスをされて驚いてしまった。

（あれが……わたしのファーストキスだった……）

唐突に気づいて、快楽とは別の甘やかさがよみがえった。羞恥と甘やかさがない交ぜになって襲いかかり、かぁっと頬が熱く火照る。

それが、傍《はた》から見ればまるで、ジェームズのことを思い出して頬を赤らめているように見えるなんて、いまのエレンに気づく余裕はない。

「そう……わかった。よぉくわかったよ……エレン……」

ラグナートの声音が冷ややかに豹変《ひょうへん》した理由を、エレンは知らない。

ただ、ラグナートの体から立ちのぼる香りが、急に凶暴ななにかに変わった気がして、本能的にびくんと体を震わせた。

「君を買ったのはジェームズじゃなくて、僕だ……君は僕のものだ、エレン。僕は君を抱く権利がある」

いまさら、なにを言いだしたのだろう。

(そんなことは……わたしだってわかっているのに……)

エレンが頭のなかを疑問符で埋め尽くしていると、下肢の狭間で指が蠢いた。

さっきまで快楽を与えてくれていた指先が淫唇の割れ目を割って入り、激しい痛みが襲ってきた。

「い、痛……ラグナート……な、に……?」

娼館で処女を確かめられたときも、ものすごく痛かった。思わず、脳裡のなかの友だちに助けを求めてしまったくらいだ。

――『助けて……ラグナート!』

(あのとき、わたしはなぜ、ラグナートの名前を呼んでしまったの……)

父親でも弟でもなく、なぜ。

仮面の紳士をラグナートかも知れないと疑いながら、図書室で穏やかに微笑むラグナートに救いを求めていた。

その自分のとっさの行動の意味が、エレンにはよくわからなかった。

あるいは知っている誰かなら、誰もよかったのかもしれない。

でもいまエレンを襲っているのは、そのとき助けを求めたラグナートだとわかっている。しかも、初夜の出来事なのだから、拒否してはいけないと頭のどこかで理性が諭してもくるのだ。

しかも、こんなときに限ってラグナートはやさしい声をかけてくるから、ずるい。

「息を吸って……そう、いい子だね、エレン……さぁ、息を吐いて……そう上出来だ」

抗う気持ちが消え失《う》せて、つい言うとおりにさせられてしまう。

そうやって子どものようにあやされながら骨張った指を蜜壺に抜き差しされるうちに、次第に痛みに慣れてきた。

ちゅっ、ちゅっ、と涙が零れたまなじりに唇を寄せられたり、耳殻を甘噛みされたりしながら、指の抽送を繰り返されたあとで、硬いものが足の狭間に押し付けられた。

「エレン……もう二度と君を逃がさない……」

なぜかラグナートのほうが苦しそうな声を出して、エレンのなかに割って入ってきた。

「……っ、あぁ——ひぃ、あ……痛い、痛い、ラグナー……あぁっ、や、ぅ……ッ！」

体を裂く痛みに、たまらずに悲鳴を上げる。

ふるふると首を振って、もうだめだと、大きなそれを早く引き抜いてくれと訴えたのにダメだった。

むしろ、エレンの体を貫く肉槍をなおも奥に進めようとして、膝を抱えて体をさらに開かされてしまう。

下肢の狭間から、淫蜜の濃厚な臭いとともに、鉄錆《てつさび》めいた臭いがした。

「あぁ、やっぱり……娼館で確かめてわかっていたけれど、君は処女のままだったね……よかった……」

痛みのなかでラグナートの声が安堵《あんど》とともに降ってくる。

(なにがよかった、なの……?)

言われた言葉を理路整然と考える余裕は、エレンにはなくて。

必死に息を吸うのと吐くのを繰り返していると、ずずっとまた肉槍が体の奥を突き進んだ。

(ああ……これが、子どもを作る行為なの……?)

初夜では、結婚した男女がまぐわうという知識はあったが、詳細は知らない。

痛いとは聞かされていたものの、こんなに痛いものだとは思わなかった。男の手に触れられることが、こんなにも快楽を覚えると言うことも。

「……動く、よ……エレン……」

エレンが痛いのと同じように、ラグナートも痛いのだろうか。

なぜか苦しそうな声を出して、やっと収まったばかりの肉槍をゆっくり引き抜いた。

その動きに合わせて、膣壁が引き攣れたように動く。

（痛い……でも、ラグナートも苦しいのなら……いいわ……仕方ないもの……）

シーツを掴んでいろと言われたから、リネンが皺《しわ》になるくらいきつく握り締めてしまっていた。

さっきからベッドの上で蠢いていたせいで、とっくにシーツはまぐわいの痕を残すように乱れてしまっているはずだ。

そんなことを考えて体を貫かれているうちに、指先が掴んでいるのがシーツなのが、心許なくなってくる。

気づけば、エレンは縋りつくようにラグナートの首に抱きついて、肉槍が抽送する律動に耐えていた。

娼館で処女を確かめられたときに、思わずラグナートの名前を呼んでしまったのと同じ。

なにかを考えての行動ではなくて、ただ、ラグナートの肌の熱を感じたくて、喘《あえ》ぎ声を零しながら、ラグナートの体を求めていた。

「んっ、あぁ……ンあぁんっ、ラグナー……はぁ、あぁんっ、あっ、あっ――……ッ！」

肉槍を膣の入り口まで引き抜かれ、また音を立てて奥まで挿し入れられると、ぐぱんっ、と水音が室内に響いた。

その音が繰り返し繰り返し薄闇のなかに響くうちに、ラグナートの手はエレンの腰を撫で、もう片方の手は器用に乳房を揉みしだく。

痛みに萎えていたはずの乳頭は、いつのまにかまた硬くツンと熟れて、律動のたびにいやらしく揺れていた。

はんなりと薄紅色に染まったエレンの脚と浅黒いラグナートの脚が擦れ合い、汗ばんだ肌に快楽を呼び起こす。

いつのまにか、痛みのなかに愉悦が入り混じっていた。

「はぁ、あぁん――あぁ……ンあぁ……は、ぁん……ッ」

繰り返し零れる喘ぎ声が次第に甘ったるい声に変わったのも知られているのだろう。

抽送の合間合間に、ぐじゅぐじゅと奥を突くように肉槍を動かされ、びくんと体が跳ねた。

「あっ、あぁ――もぉもぉ……ふぁ、あぁんっ……」

もう、なんだと言うのだろう。

譫言《うわごと》のように吐き出した言葉の意味を自分でもよくわからない。

我慢できない？　早くイかせて？

必死にせがむように抱きつく腕に、力をこめると、口にできなかった言葉をラグナートは理解したらしい。

「出すよ――エレン……受け止めて……くっ」

ざわり、と背筋で愉悦の波が大きくなったところで、膣道の奥に、白濁とした液を吐き出された。

「んぁっ、あぁ……あっ、あぁん……ッ！」

（精を、出されてしまった……――）

そう心で呟いたとき、自分の心が落胆しているより、よろこんでいたのをエレンは確かに感じていた。

うれしいと明確に言葉にするのは憚《はばか》られるけれど、口元にうっすら笑みを浮かべてしまう。

（ああ、わたし……ラグナートの子どもを孕んでしまうかもしれない……）

それが買われた花嫁としてのエレンの役割なのだろうと理解してはいる。

でも、それでいいと、それも受け入れてもいいと。

そんなことを考えながら、快楽の波に意識が呑みこまれた。

頭の中で真っ白い光が弾けて、痛いまでに疼く体の愉悦と、甘く蕩けた頭のなかの恍惚《こうこつ》がぐるぐるとエレンのなかで渦巻いて、心地よく意識を飛ばしてしまう。

「かわいい僕のエレン……まだ、だよ……夜はまだ長いんだから……」

もっと欲望を貪りたいと訴えるラグナートの声が遠い。

その響きのいい声をもっと聞いていたいのに。

「ん、んん……――」

エレンはそんなことを考えたのを最後に、すぅすぅと寝息を立てて、深い眠りに落ちてしまった。

† † †

いつになく、部屋が明るい。

いい匂いがする。シーツが滑らかで気持ちいい。

「ん……もう少し、寝て、る……」

布団とシーツの心地よさを、もう少し味わっていたい。

ぼんやりした頭でもう一度、掛け布団に潜りこもうとしたところで、声をかけられた。

「エレン、いい加減、起きたらどうだ？」

冷ややかな物言いではない。困った感じが入り混じる、どこか柔らかい声だ。

大学の図書室で勉強中にエレンが転た寝《うたね》したときに、起こしたほうがいいのか悩みながらかけてくれた声と同じ。

そうか。自分は転た寝してしまったのか。

ラグナートが声をかけてくるぐらいだから、起きたほうがいいのかもしれない。

そんなふうに思ったところで、ふんわりと甘い香りが漂ってきた。

紅茶の香りだと考えるより先に、ひくついた鼻が気づいてた。

「紅茶……飲みたい……」

カップを探して無造作に手を伸ばすエレンに、もう一度辛抱強い声が言う。

「ほら、エレン。起きたら紅茶を飲んでいいよ」

起きる兆しを見せたのを逃すまいと、もぞもぞと掛け布団から顔を出したエレンを抱き起こして、ラグナートはソーサーに載せたティーカップをもったいつけた手つきでエレンに近づける。

ベッドの端に軽く腰掛けているだけなのに、ラグナートの仕種は優雅だ。

こういうところが自分とは違うと思ってしまう。

「身分の違いというのは、服装以上に所作に現れるのだわ……ジェームズだって」

ぼんやりとしていたせいか。あるいは、昨日その名前を聞かされたせいか。

ついうっかり、カップに手を伸ばしながら、ジェームズの名前を出してしまった。

紅茶に口をつけて、その香りを愉しみつつ、こくんと飲みこむ間、穏やかなしあわせを満喫するエレンは、隣に座るラグナートがむっとした表情に変わっていたのに気づかなかった。

掠れた声で吐き出された声にも。

「……新婚初夜を迎えた朝に、ほかの男の名前を持ち出すなんて、なんて酷い妻だ」

ラグナートの手がエレンの手にしたカップに伸びて、やっぱり優雅な手つきで取り上げた。

怒りを露わにした所作ではないが、有無を言わせない手つきに、まだぼんやりしたままのエレンは為す術がない。

「あっ……」

まだ紅茶が残ったままのカップを取り上げられて、未練がましい声が漏れる。

どうして？　さっきはラグナートが持ってきてくれたのに。なんで、取り上げちゃうの？

不満げなエレンの視線など、ものともせずに、ラグナートはカップとソーサーをベッドに寄せたワゴンに戻してしまった。

「そんなかわいい顔で睨んでも、ダメだ。お仕置きだよ、エレン」

「お仕置き……？　って、え？」

なぜそんな言葉が出て来るのかわからないエレンを、ラグナートの手が押し倒した。

ようやく起きたばかりなのに、またベッドの上に逆戻りだ。

「なにが悪かったのかまるでわかってないって顔だね。エレンのそういう、善良そうで残酷なところ、ときどき、むちゃくちゃに踏みにじりたくなるよ」

エレンに覆い被さる格好で、ラグナートが皮肉そうに笑う。

(このラグナートは……誰?)

エレンの知る友だちのラグナート? それとも、正体を隠して娼館に現れた仮面の紳士のほう?

あるいはもうひとりの、新妻だけにみせるやさしい夫という仮面かもしれない。

(わたし……知らない……こんなラグナートは……)

溺れてしまうほどやさしくて、それでいてときどき意地悪もしてくる彼に、自分でも思いがけないほど、どきどきしてしまう。

見上げているうちに、絡みあったラグナートの瞳がきらり、と妖しげな光を放った気がした。

ゆっくりと長い睫毛《まつげ》が伏せられて、首を傾けながら近づいて――。

「あ……ンうぅ……――ッ」

唇を塞がれていた。朝っぱらからキスをされるなんて。

(あれ? なんで……?)

唇を塞いだまま、ラグナートの唇が蠢くのが、艶めかしい気持ちを呼び覚ます。

微睡《まどろ》んでいても感じとれるほどの、さわやかな朝だったはずだ。

どうしてこんな目に遭わされているのかわからない。

それでいて、キスそのものは嫌じゃなかった。

(嫌じゃないというか……どちらかと言えばうれしいというか……)

言葉にするのは恥ずかしいが、甘やかな気分に浸れるキスにはどうしてもときめいてしまう。

エレンが知るラグナートは穏やかで、どちらかと言えば、寡黙な人だった。鋭い意見をくれるときもあったが、ふたりでいるときは、エレンのほうがよくしゃべっていたはずだ。

そんな彼がこんなにも情熱的なキスをするのかと、静かな感動を覚えてもいた。

「……ふ、ぁ……」

ラグナートの唇が離れてようやく解放された。

まだ寝惚けた頭がキスの終わりを少しだけ淋しがっていたが、欲望に墜ちるにはまだ日が高すぎる。

(ああ……でも……)

ゆっくりと体を起こすラグナートの整った顔立ちを、間近で眺めるのはいいかもしれない。

これだけは、図書室で話していたときには湧き出てこなかった感情だ。

エレンがまじまじと彼を見ていることに気づいたのだろう。ラグナートは気まずそうな顔をして、ふいっと顔を逸《そ》らしてしまった。目元がわずかに赤らんでいたから、照れ隠しの仕種にも見えた。

「新婚の朝に、そんな蕩けた顔で眺められたら、朝から腰が立たない羽目になるからな……」

どうやらエレンの行動に呆れているらしい。

（新婚の朝……？）

その言葉に引っかかりを覚えたあとで、ようやく気づいた。

さわやかで明るい部屋は、自分の実家の部屋でもなければ、大学の暑い四階の自室でもない。

ラムゼイ公爵家のお屋敷だ。

自分の図太さと言おうか、寝起きの悪さと言おうか。ここに来てやっとエレンは自分の身に起きたことを怒濤《どとう》のように思い出した。

ベッドを離れたラグナートは侍女のセシリアを呼び出し、なにごとか言いつけている。

思い出したあとになってみれば、昨夜、ラグナートの手で引き裂かれたはずの寝間着を身につけているのはなぜなのだろう。

（処女じゃなくなったところまでは覚えているのだけれど……）

疲れていたし、途中で寝てしまったのかもしれない。ということはつまり、

（わたしがいま着ている寝間着は……ラグナートが着せてくれたってこと？）

色々気になることはあるが、目が覚めたからには、ひとまずベッドから出よう。そう思った。なるべく慣れている行動にすがりたかったからだ。

ところが、いつもの習慣に立ち戻ろうとして、足を着いた途端、かくん、と腰が抜けて、そのまま床にへたりこんでしまった。

「あ、あら？　どうし……て？」

自分の体の変調が理解できなくて、ベッドの柱を掴んで立ちあがろうとするけれど、ままならない。

（そういえば、さっきラグナートが『朝から腰が立たない羽目になる』と言ってたような……）

でも、その脅しの意味もよくわかっていなくて。

「もう一度抱くまでもなく、足腰立たないとはね……かわいい新妻殿は手がかかる」

やっぱり呆れた声がしたかと思うと、ラグナートがエレンの側に戻ってきて、すっと腕に抱き上げてしまった。

あれ？　と声を上げる間もない。

初夜の翌朝に、足腰立たない新妻を抱きあげてくれる夫。

そんなものは夢物語だと思っていた。

少なくとも、エレンがするであろう結婚では、ありえないはずだった。

（な、なんで？　ラグナートがこんなことをする人だったなんて……！）

冷ややかな扱いとも穏やかな彼とも違う。

妙に甘ったるい振る舞いに、エレンの頬はかぁっと熱く火照ってしまった。こんな女性らしい扱いを受けたことがなくて、簡単に受け入れられないほどくすぐったい。

（な、なんなの……これは……）

自分は本当はまだ寝ていて、都合のいい夢を見ているのだろうか。

目が覚めたら、寝惚けた妻のために紅茶を用意してくれていて、しかも、立ち上がれなかったら、抱きあげてくれるやさしい旦那さまだなんて。

胸の鼓動が速まって、どきどきが止まらない。

恐怖や不安を感じたわけでもないし、急ぎ足で歩いて息が上がったときとも違う。

ひたすら甘やかに速まる鼓動を持て余したまま、エレンはラグナートの腕のなかに収まったまま浴室に運ばれていった。

「簡単に体は拭《ふ》いたが、湯浴みをしたいだろうから……じゃあ、セシリア。エレンのことは任せる」

ラグナートは浴室のスツールにエレンを下ろすと、そう言って浴室を出て行ってしまった。

「ラグナート……！」

するりと去ろうとする背中に思わず呼びかけると、振り向いたラグナートはわずかに困った顔をしていた。

自分でもなぜ、名前を呼んで引き留めてしまったのかよくわからない。

でも、セシリアがいるとは言え、ひとりで取り残されるのは不安だったのだ。

それに、いまのラグナートは名前を呼んで引き止めたいラグナートだった。どきどきさせられるけれど、側にいてくれると安心できる。友だちと恋人の中間のような彼だ。

エレンはよほど切羽詰まった表情をしていたのだろうか。

ラグナートは迷ったあげく、一度エレンのそばまで戻ってくると、体を屈《かが》めて、ちゅっ、と啄むようなキスをエレンの唇にした。

「少し仕事で出かけなくてはならないから……行ってくる。君は屋敷のなかを案内してもらうといい」

そう言うと今度こそ、浴室を出て行ってしまった。

「さ、奥さま。湯浴みをどうぞ」

セシリアに促されたあとも、エレンはすぐに動けなかった。

それぐらい、ラグナートの振る舞いに衝撃を受けてしまっていた。

（これが……新婚の朝というものなの……？）

その甘やかな困惑に、頭のなかはいつまでもくらくらとしていた。

――どうして？　これは現実なの？　それとも本当は夢なの？

ひたすら困惑させられる一方で、エレンの心はこの甘やかな新婚の朝に、確かに酔わされていたのだった。

# 第五章　舞踏会での妻としての振る舞いとは

初夜を迎えてしまうと、本当にラグナートと結婚したと言うことが、エレンの心にもじわじわと沁《し》み渡ってきた。

友だちとしての穏やかなラグナートと。

娼館でエレンの処女を確認した嗜虐的な仮面の紳士と。

そのふたつの違いでとまどっているうちに、するりとエレンの側にいたのは、夫として自然なやさしさを見せるラグナートだった。

もちろん、結婚証明書を確認してはいた。だから、結婚は嘘ではないと思ってはいたが、形式的なもので終わる可能性も考えていた。

エレンは子どもを作るために買われた花嫁で、『新婚』だの、『やさしい旦那さま』だのは無縁になるだろうと。

ラグナートの振る舞いのいちいちがなんの意図だろうと警戒し、次の瞬間には裏切られるのではないかとびくびくしていたのが、次第に薄れてくる。

ようやく、現実にエレンの心が追いついてきたと言うべきか。

『ラムゼイ公爵の花嫁』という入れ物に押しこまれることに慣れてきたと言うべきか。

こうやって分類をして安心しようとするのは、エレンの悪い癖だ。

ともかく、エレンは新しい環境で暮らすことに慣れた。

まだ、使用人から「奥さま」と呼びかけられても、自分のこととは思えなくてすぐには反応できないでいるが、生活そのものには思っていたよりすぐに馴染んだのだった。

それはおそらく、この屋敷の至るところにエレンの知るラグナートの気配がするせいだった。

書斎の本棚には、大学の図書館で見かけたのと同じ本をいくつも見かけたし、彼が身につける香りがあちらこちらに染みついているせいで、まるで大学で彼と話していたときのように落ち着く。

「そういえば、ラグナートは大学はどうしたの?」

エレンの籍は、おそらく抜かれてしまっただろう。

在学しなければ、奨学金をもらえる成績はとれないし、コリッジ家は学費を払えない。

(できれば学位を取りたかったな……)

ほかになんの取り柄もないエレンとしては、この時代に女性として学位を取れれば、自分の心のよすがになる気がしたのだ。

それは保守的な家族に対するささやかな反抗でもあった。

一方で、ラグナートはなぜ大学ではなく、自分の屋敷にいるのだろうと素朴な疑問を抱いていた。つまりは、娼館に現れた理由だ。

ラグナートに対して身構えている間は、気軽に聞ける空気ではなかった。しかし、エレンがラムゼイ公爵家の屋敷になれるにつれて、来たばかりのころに抱いていた彼への違和感と警戒心をも薄れて、つい訊ねてしまっていた。

エレンとしては当然の疑問のつもりだったのに、

「エレンは大学に戻りたいのか？」

と聞き返されてしまった。

質問に質問で返すなんて、ずるい。

こういうときだけ、自分の心のなかに、気軽な友だちとしての感覚がよみがえり、言葉に詰まってしまう。

「べ、別にそういうわけではないわ。ただ……」

指を組んで弄びながら言い訳めいたことを口にしていると、ラグナートとの会話はそこで終わってしまった。

あとで執事のミスター・バレルに聞いたところ、まだ在学しているとのことだった。エレンが在学しているときから、インドに長期滞在することもあったから、もとから特別扱いだったのだろう。

まだときおり、単位を取るために通っているらしい。

(それならそう言ってくれればいいのに……)

拗《す》ねた気持ちで唇を尖らせる。

ちょっとしたことで感情を拗《こじ》らせてしまうのは、見知らぬ相手ではないからだろう。友だちなのだから言ってくれてもいいのにという甘えが、ふとした瞬間に顔をのぞかせ、エレンは混乱してしまう。

しかし、ラグナートのことを知らないままでも、エレンの生活は動いていく。

「奥さま、クチュリエがいらしてます。ドレスをお作りしますので採寸に時間を割いてくださいませ」

セシリアの案内で、都会の香りを漂わせたクチュリエとお針子もやってきた。

これまでエレンはセシリアが用意した服を着ていたのだが、胸のサイズが合わず、少し苦しかった。

「奥さまは胸が豊かでございますからね。それに、ラムゼイ公爵家の奥さまたるもの、流行のドレスを着たほうがよろしいかと。注目されますからね」

クチュリエはエレンが服を作る理由を聞いて、そんなふうに言った。

（わたしは注目を浴びないほうがいいと思うのだけど……）

舞踏会にでも出れば、ラグナートが衆目を集めるのは確かだ。

豪奢《ごうしゃ》な刺繍《ししゅう》を施した白のシェルワーニーは彼の浅黒い肌を引き立てて、ひときわ魅惑的に見せる。藍色や黒のシャルワーニーもあるが、エレンの目には白い上着を着た彼が、一番素敵に思えた。

背が高い彼は遠くからでもすぐにわかるし、女たちが放っておかないだろう。

大学のパーティでもそうだった。

大学のなかには小さな社交界があり、季節ごとにパーティが開かれていた。

ダンスホールもあった。

エレンが大学を辞める直前にケイトリンが頼んできたように、ラグナートに招待状を渡してほしいと、ひっきりなしに頼まれる時期でもあった。

しかし、ラグナートが彼女たちの誰かとパーティに出ることはなかったし、たいていの場合、エレンがパートナーとなって出席していたから、やっかまれたとしても仕方ない。

彼とよく一緒にいたエレンは、友だちというより恋人なのではないかという疑いの目で見られていた。

「ラグナートと婚約しているわけではないのでしょう⁉」

そんな直接的な言葉でパートナーを譲るように言われたこともある。

もちろん、婚約はしていなかったし、エレンは恋人だと思ってないのだから、パートナーになることは絶対ではない。

問題は別のところにあった。

学内のパーティは基本的に男女同伴で参加することになっており、そうなってしまうと、エレンには気軽にパートナーを頼めるような相手がラグナートしかいなかったのだ。

瀟洒なダンスホールには大きなシャンデリアが輝き、大きな舞踏会に参加した経験がないエレンにとっては王宮の舞踏会に出たような気分だった。

「さて、教えてあげたダンスはちゃんとおさらいしたかな？」

ラグナートはそう言ってエレンに特訓の成果を見せるように迫り、ダンスへと誘ってくれたものだった。

エレンのように金のない末端貴族ではダンスを習う機会すらなかったが、公爵家の後継ぎである彼は、ダンスも完璧だった。

ラグナートとダンスを踊るエレンを、ケイトリンが憎々しげに見つめていたことを覚えている。

それでも、彼にエスコートしてもらったパーティは、エレンにとってかけがえがない思い出だった。

（一度だけ、ラグナートがいないときに、ジェームズがエスコートしてくれたことがあったわね……）

あえて、ラグナートのほかに親しい知り合いの名前をあげろと言われたら、やはりジェームズになるのかもしれない。

伯爵家の御曹司というのもエレンには分不相応な知り合いで、ジェームズの周りに集まる取り巻きに混じるとエレンは明らかに浮いていた。

だから、パーティ会場に入り、ジェームズと一曲踊ったあとはさりげなく別れて、食事をして帰ってきてしまったのだ。

そんな思い出をつらつらと心を浮かべながら採寸を終えたあと、新しいドレスがやって来たのは、一ヶ月ほど経《た》ってからのことだ。

「まぁ、素敵ですわ、奥さま！」

服がきちんとエレンに合っているかどうか試着すると、セシリアは手放しに褒めてくれた。

それは先に着ていたのと同じ、花緑青色のドレスで、ダンスを踊るようにゆっくりと回ると、裾のフリルが花のように広がるのだった。

「奥さまの灰金色の髪には、やはりこのお色がよくお似合いですわ。今度、ご招待いただいたときにはこちらのドレスでよろしゅうございますね。ほかの型のドレスはまたできあがり次第、持ってきてくるそうです」

セシリアの夢見るような口振りが、エレンにも伝染してしまう。

新しいドレスを自分に合わせて作ってもらうなんて初めてだ。

これまでのエレンは、母親のお下がりの古い型のドレスを直したり、親戚にお願いして譲ってもらったものを着ていた。

裕福な貴族になればなるほど、ドレスを着回ししないため、いらなくなったドレスを誰かに払い下げる習慣があったからだ
でも、このドレスはエレンの為に作られたのだ。

鏡をのぞきこめば、その薄闇のなかにはエレンの目から見ても完璧な淑女が微笑んでいて、ラグナートの隣に立ってもおかしくはないと言っているかのようだ。

(でも……ありえないわ……舞踏会だなんて)

気分が高揚していても、エレンのなかの慎重な声が、このドレスでさえ分不相応な贅沢《ぜいたく》だと告げていた。

いい気になってはいけない、と——。

どんなに生活が平穏でも、なに不自由なく暮らせて、使用人からは「奥さま」と呼ばれていても、エレンのなかでは自分は『買われた花嫁』なのだという意識がどんなにこすっても消えない黴《かび》のように、こびりついていた。

身分の違いもあるし、娼館からエレンを買いとったことは、ラグナートにとっても公にできない汚点だろうと思えた。

エレンはラグナートの気まぐれに抱かれるだけで、もし正式に妻にしたい相手が見つかったら、結婚証明書などなかったことにして、この屋敷を追い出されるのだろうと。

ともすれば舞い上がりそうになる自分の心を、エレンはことあるごとに戒めていた。

ところが、ある日、エレンにとっては思ってもみなかったことが起きた。

「オーガン伯爵の舞踏会に出かけるから、用意しておくように」

そう言われて、エレンは作ったばかりのドレスを着て出かける羽目になったのだ。

「親戚でもあるし、仕事のつきあいもあるから、彼の招待を受けて、顔を出さないわけにはいかない。長居はしないつもりだが」

馬車のなかで不機嫌そうに言われ、エレンはただうなずくしかなかった。

馬車での道行きは、エレンが思ったよりもずっと近かった。

門番の誰何《すいか》を経て、伯爵家の敷地に入ると、ほかの馬車が連なって丘を上っていくのが見える。

エレンが乗るラムゼイ公爵家の馬車もその列に混ざり、アプローチで止まった。

扉を開けられて驚いたことに、馬車はアプローチのなかでも一番、玄関に近いもっともいい場所に駐《と》まっていた。

「エレン、どうかしたのか?」

ステップで息を飲んだことに気づいたのだろう。手を差しのべたラグナートが、なにかおかしなことでもあるのかと不思議そうに首を傾げる。

「い、いいえ……なんでもないわ……」

動揺を押し隠して、外に出れば、居心地の悪いざわめきに出迎えられた。

「ラムゼイ公爵だ……なんて珍しい」

「一緒にいるのは誰? 婚約者はいなかったはずよね?」

聞こえてくる噂話《うわさばなし》にひやりと心臓が冷える。

(ど、どうしよう……わたしのせいでラグナートに面倒をかけるわけにはいかないわ……)

話しかけられないように、目立たないように、過ごすしかない。

ただでさえ、高位の貴族には蔑まれてきたというのに、このところ呑気《のんき》に屋敷に引きこもっていただけの身には、社交界の風は冷たく感じてしまう。

震え出さないように、微笑みを浮かべているだけで精一杯だった。

ラグナートはエレンの緊張に気づいていないのだろうか。

慣れた様子でエスコートして、大広間まで連れてくると、エレンがその華麗な大広間に驚くより早くこう言った。

「ワルツがはじまるところだ。エレン、踊ろう」

そう言って、さっとエレンの手を取り、ダンスをはじめるときのホールドの姿勢をとった。

まるで、大学でエスコートしてくれたときと同じ、手慣れたエスコートだ。

手を重ねて向かい合い、ゆったりとしたワルツのリズムで動きはじめると、訳もなくどきどきする。

以前にも一緒に踊ってもらったことはあったのに、そのときとは違う甘やかなときめきに、エレンは酩酊してしまいそうだった。

(どうしよう、こんなこと……)

想定してなかった。

こんな華やかな舞台にこんな綺麗なドレスを着てダンスをするなんて。

貴族とは言え、没落している末端貴族だ。地味に暮らしてあたりまえだし、華やかな世界に憧れる気持ちはとうの昔に涸れ果てていた。

憧れることさえ、余裕があるからできることだと知ってしまったからだ。

それなのに、いまになって自分の憧れが唐突に叶ってしまう現実がやってきて、とまどわずにはいられない。

(どきどきを通りこして……気絶しそう……)

見慣れていたはずのラグナートの顔が、いつも以上に輝いて見えるのはなぜなのか。

彼の手でターンさせられるたびに、シャンデリアの光が目に入り、くらくらと眩暈がする。

まるで頭のなかでも光が弾けているようで、足下が覚束なかった。

雲の上を歩いているような感覚だ。

自分の体の感覚が全部、お風呂の泡になって、掴もうとしたらすぐに消えてしまう気がした。

「エレン？　もしかして、具合が悪いのか？」

よろめきそうになったところを、ラグナートの腕がすばやく支えてくれる。

「う、ううん……だ、大丈夫です。ちょっとその……シャンデリアの光に目が眩《くら》んでしまっただけ……」

それもまた事実だ。

ラグナートがあまりにも素敵だから、この大広間があまりにも華麗だから、その雰囲気に酔

わされているなんて、さすがに本人を前にして口に出す勇気はなかった。

このところ、ラグナートはずっとエレンにやさしい。

(ダメ……こんなにしあわせなことに、わたし慣れてないんだから……!)

少しずつ近づいたならまだしも、突然、しあわせを過剰に与えられて、これまでの頑《かたく》なだった自分が悲鳴を上げてしまう。

——もしかして、本当にラグナートはわたしと結婚して、よかったの?

都合のいい解釈に溺れそうになる自分を、ぎりぎりのところで留めていた。

胸元に飾られた宝石もイヤリングもブレスレットも、つけた瞬間はあんなに冷たかったのに、いつのまにかエレンの肌に馴染むように、人肌に温まっている。

同じように、エレンの身の回りがこんなにも以前と変わっても、いつのまにかそれに馴染んで、エレンのものになるのだろうか。

(本当に?　でも……)

信じていいのかどうかわからないまま、溺れてしまうのは怖い。

眩暈がしそうなほど胸が高鳴ったまま、ため息が零れそうなダンスを終える。

エレンのよろめき具合から、さすがに二曲続けて踊るのは無理だと思ったのだろう。

ラグナートは踊りの輪から離れて、壁際へとエレンを連れて行ってくれた。

「少し休もうか？　ドローイングルームに案内してもらおう」

舞踏会を開く屋敷では、客が疲れたときのための個室を用意してあるのが普通だ。

そんな休憩用の部屋を頼もうと、使用人を視線で探す。

「ラムゼイ公爵、次はうちの娘と踊ってやってくれませんか？」

エレンがそばにいても関係なく話しかけてくる声を軽くかわして、ラグナートは人が集まっている大広間から、廊下へとエレンをエスコートして、抜け出した。

廊下に出ると、人々の熱気から少しは遠離り、エレンは自分の逆上《のぼ》せた頭が少しは醒《さ》めるのを感じた。

落ち着いてくると、自分も人々の浮かれた気分に呑まれそうになっていたとわかる。

ところが、そこでまた、エレンの怖《おそ》れていたことが起きた。ラグナートの知り合いに見つかったのだ。

「ラグナート！　元気だったか？　珍しく彼女連れじゃないか。うちの娘が残念がりそうだ」

がっしりとした体格の快活な紳士は、ラグナートを見上げながら、ラグナートの背を叩いている。

その親しげな手つきをラグナートが嫌がっている様子はない。

使用人をさっと呼び寄せる仕種からすると、彼がこの屋敷の持ち主、オーガン伯爵なのだろう。握手をして挨拶をする様子を見て、エレンはラグナートの陰に隠れたまま、わずかに後ずさろうとした。

優雅な装飾や飾られた東洋の壺を眺める振りをして、ふたりの挨拶が終わるまで時間を潰したほうがいい。まだ、熱気の余韻から冷め切っていないし、会話に巻きこまれても、まともに話せる気はしなかった。

それに、エレンが迂闊《うかつ》なことを口走れば、ラグナートが困るだろう。

(だってわたしは……買われた花嫁なのだし……)

浮かれ気分をあえて自分自身で諫《いさ》めるように、心のなかで呟く。

ラグナートだって、人に紹介するつもりはないだろう、そう思ったのに。

「オーガン伯爵、実は先頃、結婚いたしまして……妻のエレンです」

ラグナートの手がエレンの腰に回り、有無を言わさない動きで紳士の前に引き戻すと、そんなふうにエレンを紹介したのだ。しかも、仲よく寄り添うような格好で。

「な……妻……って……!」

たちまちエレンの頭は困惑した。それも、舞い上がってしまいそうなほうの困惑だ。

たったいま冷静になろうと自分を忘れて、口元が緩みそうになる。

(いま、そう言ったわよね? 友だちじゃなくて……妻!? いいの? 本当に?)

オーガン伯爵は親戚筋だと言っていたから、都合が悪くなれば冗談だと言って撤回できるのだろうか。

そんなに気軽に紹介される立場だと思わなくて、冷や汗が流れそうになる。

（それとも――誰でもよかった？）

エレンのなかで、言葉にしがたい黒い感情も湧き起こる。

どんな事情でラグナートが娼館にいたのか、エレンはまだ知らない。

娼館にたまたま都合よく売られてきた生娘なら誰でもよくて、エレンにしたようにキスをして、結婚証明書を作り、こうやって親戚にも妻だと紹介したのだろうか。

（わかっている。こんなことを考えるなんて馬鹿げてるって……）

そもそも、エレンにとってラグナートは恋愛対象ではなかったし、彼が見知らぬ誰かと結婚したとしても、友だちとして祝福したはずだ。

それなのに、自分と似たような境遇の誰かが本当はこの立場にいたかもしれないと想像して、拗らせている感情とはなんなのか。

（もしかしてわたし……嫉妬してるの？　本当はラグナートに愛されたい？　まさか……）

自分のなかにそんな感情が芽生えているかもしれないと認めるのは恐《こわ》い。

認めてしまったら、自分のなかのなにかが崩れる気がして、ぐらぐらと頼りない地面を踏んでいるような錯覚に陥る。

実際、エレンの体はよろめいていたようだ。

「エレン？　やっぱり具合が悪いんじゃないか？」

倒れないように体を支えられていた。逃がさないように掴まれているのではなく。

その骨張った手の温かさが布を通しても伝わってきて、ほっとさせられてしまうのはなぜなのか。

エレンにも説明しようがない。

「だ、大丈夫です……旦那さま。お気遣いありがとうございます。人がたくさんいる場に慣れてなくて……申し訳ありません」

エレンはあえて他人行儀な言葉を返した。

それはたとえば、エレンの空想のなかの誰か——エレンよりも先に娼館に売られてきた生娘がいたとして、エレンの代わりにラグナートの妻になっていた娘が言うかも知れない台詞だった。

一瞬、エレンの腕を握るラグナートの手に、力がこめられたと思うのは気のせいだろうか。

彼はすぐに『よい夫』の見本のような仮面を被り、エレンにやさしい声をかけてくれる。

「大丈夫かい？　もし具合が悪いなら、やっぱりドローイングルームで休もう……オーガン伯爵、悪いが……」

　ラグナートがオーガン伯爵に言って部屋を用意させようとするのまでは、エレンも普通に聞いていた。せっかくの夜に申し訳ないが、少しだけ休ませてもらえれば、ありがたいと思っていた。

　しかし、次の瞬間、エレンは軽い悲鳴を上げてしまった。

　ラグナートの腕に抱き上げられていたせいで。

「ちょっ、ら、ラグナート！　な、なにをして……！」

　先日も、馬車から降りるときにラグナートに抱きあげられてしまったが、あれはエレンが眠っていたからだし、そもそもこんな人前ではなかった。

　エレンは家庭教師だというにしても地味な恰好《かっこう》をしていて、ラムゼイ公爵に抱きあげられるにしても、ただの荷物のように見えたはずだ。

　でもいま、盛装で抱きあげられる状況はなんなのだろう。

　妻だと紹介したばかりの娘が具合が悪そうだから抱きあげるなんて、それはどんなに仲睦《むつ》まじい夫婦なのだろう。

（ありえない……違うわ、そんなの。な、なにもこんな、人前で抱きあげるなんて……公爵家の屋敷でだって恥ずかしいのに！　ああ、違う……そうじゃなくて……！）

他人行儀な振る舞いを心がけようとした次の瞬間に感情を乱してしまう。

鉄壁の演技ができると思ったのに、これでは素人の三文芝居だ。

ラグナートのほうから距離を詰められてしまうと、とっさの瞬間には、すぐに友だちだったときの気のゆるみや甘えがエレンの態度に現れてしまっていた。

「なにを……ってエレンは具合が悪いんだろう？　いいから、じたばたしない。私の腕に抱かれていなさい」

よそゆきでいて、まるで頑是ない子どもに言い聞かせるような口調で諌められ、しかもちゅっと額にキスまで落とされる。

子どもに言い聞かせるような、ではなく完全に子ども扱いだ。

人前でこんなことをされるなんて、完全に不意打ちだった。エレンの顔が真っ赤に染まる。

（ら、ラグナートのばかぁ！　もう、もう……こんなこと、する人だなんて思わなかった……！）

まるで見せつけるように甘やかされているなんて。

社交界の目があるのだから礼儀正しくしないと、と身構えていただけに、困惑しないほうが無理というものだろう。

しかも、計ったかのように、ひゅう、と冷やかしの口笛に囃《はや》し立てられた。

（い、いま……オーガン伯爵が口笛を吹いたように見えたけど……まさか……）

信じられないものを見てしまった。

まるで俗な若者がするような振る舞いを、伯爵ともあろう方がするなんて。

ありえない。エレンは自分の目を疑って、思わず何度も目をしばたたいてしまった。

「驚いたな、ラグナート。お見合いで見つけた結婚相手かと思えば、ずいぶん仲がよさそうじゃないか」

「そうですか？　苦労して捕まえたかわいい妻ですから大事にしようと思いまして……それにエレンは大学の学友なんですよ」

オーガン伯爵の冷やかしに、ラグナートはまんざらでもないらしい。

エレンと違って、恥じらいながら、どこかうれしそうな顔をしている。

そのラグナートの態度にも、エレンは困惑させられていた。

（本当に、ラグナートは……わたしと結婚して……うれしいの？）

それともこの恥じらった笑みは演技なのだろうか。

エレンがジェームズが大学を辞めたときに同情する素振りを見せたように、親戚の前では、夫婦として仲睦まじい演技をすると言うことだろうか。

（もし……もし、そうだとしたら、初めからそう言ってくれればいいのに……親しそうな素振りくらい、いくらでもしたのに！）

心のなかで不満をぶちまけて、エレンははたと気づいた。

（いったいラグナートはわたしになにを求めているのかしら？　それがわからないから混乱するんだわ……）

自分の困惑の理由に気づくと、少しだけ冷静になれた。

さっき一瞬は確かに眩暈がしたが、ほんの一瞬だ。それよりも人前で抱きあげられていることのほうが落ち着かない。

「あの……ごめんなさい。ちょっと緊張しただけで、大丈夫です。下ろしてくださらない？」

エレンはもう一度、落ち着いた淑女の仮面を被ろうとした。

胸の高鳴りを押さえて、声が上擦らないように最大限の努力をして。

（別にラグナートに抱き上げられるのが嫌だというわけではないのだけど……）

どんなに取り繕ってみても、それは紛れもない事実だ。

普段物静かだった彼が、エレンを軽々と持ち上げてしまうくらいほど力が強いなんて、軽い衝撃だった。悪い意味ではなくて、どちらかと言えば、いい意味の。

「……わかった」

エレンが腕のなかで足掻くのを止めたからだろうか、ラグナートは案外あっさりとエレンを解放して、床に下ろしてくれた。

そのやりとりをオーガン伯爵が興味深そうに眺めていたから、エレンはまるで「夫はいつもこうなんですよ」と言わんばかりに肩を竦《すく》めて見せた。

「過保護な夫ってどうなんでしょう？」

抱き上げられるのはまんざらでもないのだという素振りをしつつも、口ではそんな言葉を吐く。もしかすると、この場でエレンに求められているのは、こんな演技なのかもしれないと思いながら。

オーガン伯爵はユーモアがわかる人だったらしい。エレンの愚痴めいた問いににやりと笑って、

「無関心な夫と比べたら百倍はいいと、世の奥方は言うんじゃないかね？　もちろん、うまくいってる夫婦に限る話だが」

などと答えてくれた。

よかった。会話が上手く回ってくれたことにほっとする。

ラグナートもそうだが、その親戚筋なら、オーガン伯爵も雲の上の方だ。

なにか大きな失敗でもしたら、どんな目に遭うのかと少しだけびくびくしてしまっていた。

ラグナートに驚かされるほうが上回っていたおかげだろうか。伯爵に対して、親しみさえ湧い

て来る。

「しかし、君がこんなに唐突に結婚を決めるとは……もうモーリンのことはいいんだな？」

なにげなく、どちらかといえば、ほっとした顔で伯爵は見知らぬ女性の名前を出した。

（……モーリン？　誰かしら？）

あるいはラグナートの婚約者になるはずだった令嬢の名前だろうか。

エレンが不思議そうにその名前を舌で転がしているうちに、オーガン伯爵のなかではもうその話は終わっていたらしい。

「そういえば、アフリカの鉱山の採掘権《さいくつけん》の話だが……少しいいかな」

こほん、と咳払いして、壮年の伯爵は別な話題を切り出した。

（そういえば、仕事でも関わりがあると言っていたのだわ……）

エレンに聞かれて困ると言うより、わからない話をするのが申し訳ないと言うことだろう。

ここにきて初めて、伯爵は気まずそうな表情を浮かべていた。

実際には、エレンもラグナートとオーガン伯爵の話を聞いていたかったが、ものわかりのいい妻というものは、こういうとき、男性同士の話に深入りしないものかもしれない。

身分差もあったが、それ以上に、初めて会った相手なのだ。

いくら、ラグナートの妻とは言え、エレンの前で立ち入った話をしたくない気持ちは理解できる。

「ラグナート、わたし、せっかくだから、お屋敷の庭を見に行きたいわ」

――その間にどうぞ、ご自由に話をなさって。

匂わせただけの言葉は、きちんと伝わったのだろう。

先に喜色を表に出したのは、オーガン伯爵のほうだった。

「まだ日があるうちに、それはぜひ。いまだと噴水の回りの花が見頃でしてね。案内させましょう」

ラグナートの返事を待たずに、人を呼んでしまった。

当然のことながら、やってきた使用人は主の言いつけに従う。エレンを案内しようと、先に立って歩き出した。

「あ……じゃあ、あとでね。ラグナート」

バルコニー窓のところで待っている使用人に気を取られながら、ラグナートから離れる。

エレンとしては、気を遣ったつもりだ。

それに、庭を見たいと言ったのも嘘ではない。

ラムゼイ公爵家の屋敷で頻繁に庭を歩いていたから、ほかの屋敷の庭も見たくなったのだ。

ラグナートのほかに知り合いがいるわけではないし、人が集まる大広間で待っているよりはましだろう。そんな浅はかな打算もあった。

バルコニーから数段の階段を下りると、綺麗に刈りこまれた植木で生け垣が作られている。

少し歩いたところで振り返ってみれば、大きな屋敷の全容がよく見えた。大きな格子窓が続くあたりが大広間だろうか。

今宵《こよい》は二階の客室に何人の客が泊まるのだろう。そんなことをつらつらと考えた。

「オーガン伯爵家のお屋敷はぐるりと周囲をお散歩できるのかしら……？」

半分、独り言のつもりだったのに、使用人の返答があり、はっと我に返る。

「はい、奥さま。小道を通っての回遊路がございます。いまから一周なさるのは、ちょっと難しいかと思いますが……」

「そ、そう……ええ、そうね。ありがとう……あの、ベンチか四阿《あずまや》があるかしら？　そこでのんびり夫を待ちますわ」

夏の夜はいつまでもいつまでも明るくて、つい時間の感覚を失くしてしまう。しかし、舞踏会が始まる時刻は過ぎているのだから、いまは宵の口なのだ。

石壁の重厚な屋敷をちらりと振り返り、エレンは庭のほうが興味があると言わんばかりに、使用人を置いて歩き出した。

でも、心は屋敷に向けられていた。正確には、ラムゼイ公爵家の屋敷に。その庭に。その屋敷の周囲を覆う緑の壁に。

――心は飛んでいた。

（どうしてかしら……ラムゼイ公爵家のお屋敷の庭は……ここの庭とは違う。あの庭は……屋敷の全景が見えない）

公爵家では、エレンが暮らす部屋のバルコニー窓から庭に出られる。

すると庭の回遊路は屋敷の一角から広がり、屋敷を回るようにではなく、細長く、屋敷を離れるように続いていくのだ。

あるときから、エレンは不思議に思っていた。

庭を歩いても歩いても、屋敷はいつも同じ顔を見せている。

遠くへと歩くうちに小さくなりはしても、違う角度から見ることがどうしてもできない。

ずっと奥にもラムゼイ公爵家の敷地は続いているのだろうに、歩けども歩けども、屋敷をぐるりと巡るような回遊路をどうしても見つけられなかったのだ。

そんなとき、エレンの目には、自分が暮らす大きなお屋敷が、こちら側だけ立派な城の絵を描いただけの、張りぼてに過ぎないのではという妄想に駆られた。

自分に唐突にやってきたしあわせが、どうしても信じられないせいだろうか。

散歩をして、薔薇のアーチをくぐるとき、迷路庭園のなかに迷いこんだとき、エレンの歩く陰に、いつもついてきていたなにか――エレンを憂鬱にさせるそれがいるような錯覚に陥るのだ。

――このままでは終わらない。

――このしあわせにはきっと絡繰《からく》りがある。

分不相応なしあわせをすんなりと受け入れるには、エレンの心はからからに乾ききっていて、背後から囁く昏い声に耳を傾けそうになるのだ。

でも、ここ数日はその声を聞かない振りをしていた。

舞踏会のために仕立ててもらったドレスは素敵で、それだけでも舞い上がるくらいうれしかったし、ラグナートは穏やかな彼のままだった。

朝は、モーニングティーの香りとともに起こしてくれて、おはようのキスをしてくれたし、会話も少しはした。

友だちのときのような気軽な瞬間は、つむじ風のように突然訪れて、また気づくと去ってしまっていたが、仮面の紳士のように豹変することはなかった。

彼の嗜虐を表すかのような仮面を思い出すと、体の奥がずくりと疼くような気がするが、エレンはその体の期待は気づかないふりをするしかなかった。

それでももちろん、夜になれば、彼の妻として抱かれないわけにはいかなかった。彼の手がエレンの腰に触れ、体の反応を確かめるように愛撫した瞬間から、彼の手管に翻弄されてしまうからだ。

　エレンは自分が情事にどれだけ乱れるのかを思い知らされ、淫靡な夜を過ごす羽目になっていた。

　いまも、まだ明るい光を浴びながら庭を歩く自分の体にも、そのみだりがましい夜は刻みこまれている。

　下腹をそっと撫でると、自分の手の動きでさえ、体の芯が熱を持つ気配がするのだった。

（わたしの体はいったいどうなってしまったのかしら……）

　娼館で過ごしたのは、ほんのわずかな時間だったはずなのに、あのとき仮面の紳士にされたことをまだ体は覚えていて、ことあるごとに敏感に熱を上げるかのようだった。

　ゆっくりと長いため息を吐いて、体に疼きはじめた熱を見ない振りしていると、使用人の声がかかった。

「奥さま、こちらの四阿でしたら、噴水を眺めながら休憩できます」

　ギリシャ風の柱を持つ四阿と噴水を指し示しながら、使用人がわずかに自慢気に微笑んだ。

　それもそうだろう。庭には景観の核を作り、そこでゆったり歓談できるようにベンチがあるのが常だが、この庭の噴水とその周りの花々は、確かに一見の価値があった。

おそらく、オーガン伯爵自慢の景観なのだろう。ほかにもこの噴水を眺めに来た客が何組か歩いている。

「素敵だわ……どうもありがとう。夫にここの噴水にいると伝えてくださる？」

エレンがそう言うと、忠実な使用人は、体を屈みこむお辞儀をして、屋敷へと戻っていった。

「ふぅ……大きなお屋敷だわ……さすが伯爵家」

エレンはドレスの裾を広げるようにして、四阿のベンチに腰掛けた。

座って庭を眺めると、歩いているときとは景色がわずかに違って見える。

それは庭を設計したものの意図のとおりで、大抵は座ったときに最高の景色になるように計算されているのだ。

この庭も同じで、ベンチに座ると、手前にある花壇と噴水と奥に広がる生け垣の緑が、まるで一枚の絵のように美しい重なりとなっていた。

（ああ……でも、ダメ。どうしても考えてしまう……）

目の前の景色は確かに美しい。エレンも心を打たれている。

なのに、エレンの心はラムゼイ公爵家の庭に飛んでしまっていたし、ラグナートのことばかり考えていた。

どうしたら、あの庭は屋敷をぐるりと回れるのだろうか。あるいは、本当にそんな回遊路はないのだろうか。

ラグナートはどうしてオーガン伯爵に自分を妻だなんて紹介したのだろう。愛人でも恋人でも、いくらでもごまかしようがあったのではないか。

あるいは本当はラムゼイ公爵家のお屋敷なんてないのかもしれない。

エレンは娼館にいて、自分の都合のいい夢を見ている可能性もある。

――でも、なぜ。

なぜ、ラグナートはあんなふうに、エレンにやさしくしてくれるのだろう。

友だちだから？　それとも、結婚相手なら誰にでもこんなにやさしいの？

その答えを知りたくて、知りたくない。

子どものころから期待しては裏切られ続けてきたせいで、エレンの心はいつも振り子のように揺れる。

新しい服はいつも弟のためのもので、本も学費も誕生日のお祝いも、エレンと弟ではいつも扱いが違っていた。

それは大きくなるにつれて、疑問も抱かないほどにエレンにとっての常識になっていて、エレンは家が消費する財産のようなものだと思っていた。

大学だって、父親の友人――ブレナム子爵が助言してくれなかったら、通うことはなかっただろう。

あとから思えば、ただの友人の助言でエレンを大学に行かせる父ではなかったから、彼に借金があったのだろうか。

ブレナム子爵はコリッジ家に遊びに来たときにエレンと交わした会話を覚えていて、エレンが大学に行けるように手を貸してくれたのだった。

(ああ……そうだ。落ち着いたらブレナム子爵さまには手紙を出そう)

エレンにとってのささやかな希望を唯一叶えてくれた人。

(ラグナートと知り合えたのだって、元を正せば彼のおかげなのだわ)

読んだ本について語り合える友だちができるなんて、想像したこともなかった。エレンにとってラグナートは初めてできた友だちだったのだ。

(それがいまは結婚相手だなんて……信じられない)

なにかの間違いではないかと思う。こんなふうに、エレンの生家とはかけ離れたお屋敷の美しい庭を眺めていると、なおさら。

次から次へと湧き起こる感情は、やはり熱に浮かされたような調子のほうが強くて、エレンはぼんやりとしていたのだろう。

人が近づいて来たのに気づいていなかった。

「……エレン？　エレン・コリッジ？　まさか……君？」

目の前まで近づかれて、ようやくエレンは自分の名前を呼ばれていたことに気づいた。

フロックコートを着た紳士だ。鼻の上にはそばかすがわずかに残り、貴族的な顔立ちに愛嬌《あいきょう》を付け加えている。

「え？　あ……ジェームズ？」

まさか、こんなところで学友と会うとは思わなくて、名前がすんなりと出てこなかった。

庭を眺めている人々は何人かいて、連れと話ながら通り過ぎていくのは目の端に映っていたから、人が近づいてきても自分の知り合いではないと思っていたのだ。

毎日の様に顔を合わせていた相手でも、いないと思っている場所で偶然会うと、顔馴染《かおなじ》みだと気づかなかったりもする。

大学のことを考えていたくせに、実際に学友がやって来るなんて予想外だった。頭のなかのなにかが布巾を絞ったときのように捻れる心地がする。

物わかりのいい妻を演じなくてはと気をつけていただけに、とっさにどんな仮面をつけてジェームズと話したらいいいか、困惑してしまう。

なのに、エレンがなにを言おうか考えているより早く、ジェームズは四阿のわずかばかりの階段を上り、

「隣に座っていいかな？」

と訊ねてきた。

「え、ええ……どうぞ」

社交界の流儀としても、学友としても、断る理由はない。

とまどいながらもエレンは自分のドレスが邪魔にならないように、膨らんだドレープを引き寄せた。

「綺麗だね、そのドレスも髪飾りも。エレンによく似合ってる……エレンはまだ大学に残っていたのかと思っていたけど、休暇かい？」

「え、いえ……その、ありがとう……わたし、その……」

お世辞だろうと思いながらも、容姿を褒められたことなんてないせいで、どぎまぎしてしまう。

その上、いまの自分の境遇をどう伝えたものかと、言葉に詰まってしまった。

（ラグナートに買われたの……なんて言えるわけがないけど……じゃあ、妻ですってジェームズに話していいの？）

言いたくて、でも口にしようとすると、逡巡《しゅんじゅん》してしまう。

さきほど、オーガン伯爵にはラグナートは妻だと紹介していたから、いいのかもしれない。

でも、エレンの立場で自分から妻だと人に告げるのは図々しすぎないだろうか。

そんなふうに思う自分が、どうしても妻ですと告げられない。

ラグナートがいない以上、どちらが正しいのかの答えは得られなくて、ごまかすように質問に質問を返す。

「休暇ではないのだけど……ジェームズはオーガン伯爵とお知り合いなの？」

「父がね。それとまぁ……彼には独身の令嬢がいるから、出かけてこいと招待状を渡されて」

困ったように肩を竦められ、なるほどと思う。

先ほど、オーガン伯爵自身が言っていたことを思い出したのだ。

――『ラグナート！　元気だったか？　珍しく彼女連れじゃないか。うちの娘が残念がりそうだ』

どうりで、ラグナートがエレンを伴って現れたことが注目を浴びたはずだ。

この舞踏会は、オーガン伯爵の娘のために開かれたもので、伯爵令嬢に釣り合う身分の独身男性に招待状が出されていた。

オープンなお見合いと言ったところか。

しかし、それはほかの独身令嬢にとっても、ちょうどいい機会なのだろう。

招かれた若い娘は、少しでもいい結婚相手を物色しようと、色めきたっていたのだ。

「エレンは……こんなに着飾っているところを見るのは初めてだから言うわけじゃないけど、なんだか突然、すごく綺麗になったみたいだ」

その言葉を念押しする意味なのだろう。唐突に手袋をした手を取られて、その甲にキスをされる。

社交界の礼儀としては、おそらく正しい。しかし、こんなことにさえ慣れていないエレンは、びっくりして頬を真っ赤に染めてしまった。

「あ、ありがとう……自分ではわからないけど……セシリアのおかげね、きっと」

「セシリア?」

「その……わたしの侍女……ということになるのかしら?」

気の利いた返答が浮かばない自分は、なんて物知らずなのだろう。

冷静に考えてみれば、舞踏会でわざわざ侍女の話をする人なんていないはずだ。しまったと思ったにしても、代わりの会話も思い浮かばなくて、わずかの間、沈黙が流れた。

ジェームズはエレンの言葉を待ってくれていたが、沈黙が続くのを会話の終わりだと思ったのだろう。

何気ない調子で、彼は新たな話題を切り出した。

「ふぅん?　おうちの事業は上手くいったのかい?」

その言葉は、エレンのなかのまだ癒えていない傷に鋭く触れた。

おそらくはエレンが新しいドレスを着ていたことが原因で誤解させてしまったのだ。そう気づいたところで遅かった。

不意打ちに、また同じ場所に傷を負わされ、目の前が一瞬真っ暗になる。

くらくらと眩暈がしたとしても、これはシャンデリアの光を眩しく思いながらラグナートとダンスをしたときの眩暈とは全然別のものだ。

息苦しくて、背中には冷や汗が浮き上がって。

自分みたいなものが、こんな晴れやかな場にいることが突然後ろめたくなり、まるで犯罪者かなにかになったようだ。

いますぐ逃げ出したい心地に襲われる。

「……わたし、そろそろ戻らないと」

エレンは本当に逃げ出したくて、立ちあがって別れを告げようとした。なのに、ジェームズも一緒に立ちあがり、手首を掴んで引き止められていた。

しゃらりと、手首につけていた舞踏会の手帳とブレスレットが音を立てる。

「誰かと待ち合わせてるのか？　もし、家族と来ているなら……エレン。このあとの舞踏会で一曲どうかな」

やっぱり自分がなぜオーガン伯爵の舞踏会にいるのか、さっき説明しなかったのは失敗だった。

自分の社交力の拙《つたな》さをいまさら悔いても、仕方ない。あとからでも説明して、この久しぶりの邂逅《かいこう》をまだうれしいうちに終えよう。

「ジェームズ、久しぶりに会えてうれしかったわ。元気そうでよかった。でも、わたし、そのパートナーと来ているの……だから、ダンスは……ごめんなさい」

それは半分以上、本心からの言葉だった。

普段は、そんなに親しくない人でも、誰も知らない土地で会うと、なぜか、長年の友だちのように思えてくる。

本で読んだときには、そんなものかと大して気に留めなかったが、いまのエレンにはよく共感できた。

ジェームズは伯爵家の御曹司で、没落貴族のエレンにとっては雲の上の存在だったけれど、少なくとも、彼は身分にかかわらず、エレンを学友として扱おうとしてくれたひとりだ。

だから、彼が大学を去るときには、形ばかりの同情をするくらいには淋しく思っていた。

そうでなければ、学友のひとりが去ったところで話題にもしなかったはずだ。

見知らぬ場所で知己と会えて、ほっとしていたこともあり、やっと自分がいてもいい場所を確保できたような心地でいた。

ジェームズから実家のことを訊ねられるまでは。

（ああ、でも……それでも大学の時のことを思い出すのはうれしかった……）

高位の貴族の子弟が自分の親の権力を振りかざすことはあったけれど、それでも、あそこはまだ自由な空気があった。

現実の世知辛さや貴族の集まりの空気を、わずかなりとも知ったあとでは、学友との語らいがどれだけ、貴重な時間だったかがわかる。

乾いた風のように心を吹きぬけて、じめじめと湿った重さを消し去ってくれたかのようだった。

ジェームズがエレンの手首を掴んで引き止めていたのはわずかの間だったが、並んで座っていたせいで、ふたりの距離は近い。

敷居がない四阿は、庭を歩いている人からもよく見える。

間の悪いことに、エレンとジェームズが問答しているところに、ラグナートがシャルワーニーの裾を捌《さば》きながら、回遊路を急ぎ足で通り抜けてきた。

ラグナートはエレンがひとりではないと目敏《めざと》く気づいたらしい。四阿を駆け上ってくる表情には、焦燥と怒りが入り混じっていた。

「エレンなにをして……ジェームズ!? 君がなんでここに……!」

エレンが人と話しているのは遠目から見えても、それが誰かはわからなかったのだろう。

むっとした様子のラグナートは、ジェームズに気付いた途端、はっと驚きの声をあげた。

エレンとしては、ラグナートが声を上げるほど驚いたのは、うれしいからだと思った。

エレン自身、気まずさはあるにしても、学友と会えてよろこんでいたせいで、ラグナートにもつい、共感を求めるように、うれしそうな声を出してしまった。

ジェームズとふたりでいるところを見られて、ラグナートがどう思っているかなんて、夢にも思わずに。

「そうなの、びっくりしたでしょう。偶然、ジェームズがいたなんて!」

エレンがうれしそうな声をあげたのをラグナートがどう受け止めたのか、気づく由もない。

彼の面に現れた険しさが嫉妬によるものだということも。

エレンの弾むような声は、彼も学友との再会を懐かしむだろうと思ってのことだ。他意はない。

「本当に偶然なのかどうか……こんなところで逢《あ》い引《び》きまでして」

「え?」

思わず耳を疑ってしまった。ラグナートがなにを言ったのか、とっさにわからなくて、言葉の音だけを頭のなかで何度も咀嚼《そしやく》する。

――『ホントウニグウゼンナノカドウカ……コンナトコロデアイビキマデシテ』

繰り返しているうちに単語がようやく浮かび上がる。

（アイビキって逢い引き？　なぜそんな言葉が出てきたの？　わたしとジェームズが？）

なにを言われているか考えている間に、ラグナートがエレンの空いているほうの手を掴んだ。

引っ張られるかと思ったのに、予想外に手を口元に持ち上げられ、甲に唇を当てられてしまった。

「……ラ、ラグナート？　その……」

ジェームズがいるのだけれどと言おうとして、掴まれた手に力がこもるのを感じた。

ラグナートはジェームズとエレンの間に割って入るようにして、無理やりにエレンの腰に手を回してくる。

彼のなかのなにかのスイッチが入ったのだとはわかった。

どれが引き金になったのかはわからないが、やさしくて穏やかなラグナートはいなくなってしまったのだ。

「悪いが、エレンと僕は結婚したんだ。ジェームズ、他人の妻を誘うような真似《まね》はやめてもらおうか」

挑発的な言葉を吐いただけでは、気が静まらなかったらしい。

ラグナートはエレンの腰を引き寄せると、まるで見せつけるかのように、ジェームズの目の前でエレンにキスをした。

決して長いキスではなかったが、エレンとしては十分に打ちのめされるキスだった。

「こんなことになるなら、顔を出すんじゃなかった……帰るぞ、エレン」

「あ、あの……違うの、ラグナート。わたしの説明が悪かったの。ジェームズはなにも悪くない……」

ジェームズがエレンをダンスに誘ったのは、エレンが結婚していると公《おおやけ》にしていいのか迷ったせいだ。

だって、いまだってエレンはよくわかっていない。

ラグナートとふたりきりで穏やかに過ごしているときは、もしかして、自分は本当にラグナートの正式な妻なのではないかという錯覚に陥る。

なのに、やっぱりどこかしっくりこない瞬間があるのだ。

ラグナートに腕を掴まれてオーガン伯爵家の庭を横切りながら、エレンの心はラムゼイ公爵家の庭に向かっていた。

ようやく訪れた遅い遅い宵闇に染まる屋敷と、ラムゼイ公爵家の屋敷と。

古めかしく巨大な屋敷は、エレンにとっては堅牢《けんろう》な城のようにも思える。よく似ているのに、なにかが決定的に違う。

オーガン伯爵の屋敷は伯爵の人柄そのままに、高位の貴族が当然のように持っている傲慢さと、誰でも受け入れるような開けっぴろげな雰囲気が入り混じっていた。たくさんの客が連れ立って庭を歩いていたのも、その表れだろう。

一方で、ラムゼイ公爵家の屋敷は、ラグナートが纏う空気とよく似ていた。綺麗で感じよく振る舞ってくれているのに、心のどこかに誰にも知られたくない秘密を抱えこんでいるかのような——。

（あのお屋敷は、本当にあそこに建っているのかしら……？）

自分が毎日暮らしている場所だというのに、そんな妄想さえしてしまう。伯爵家の屋敷を知ったことで、エレンの心のなかには拭っても拭っても簡単には消え去らない疑念が生まれつつあった。

「ラムゼイ公爵？　お帰りでしょうか」

ラグナートはオーガン伯爵の屋敷をよく知っているのだろう。庭から迷いのない足取りで室内に戻り、まっすぐに玄関までエレンを連れて行った。途中で使用人を見つけ、オーガン伯爵に帰宅する旨を伝えるのも忘れなかった。

こういうさりげない振る舞いを見るにつけ、エレンはラグナートと自分の違いに気づく。

大学のパーティでもそうだった。エレンは社交界に出たことは数えるほどしかなくて、盛装を着た同級生に混じったところで、どう振る舞ったらいいかわからなかったのに、ラグナートはいつも落ち着いた様子でエレンをエスコートしてくれた。

普段は学友たちと距離をおき、社交界の話に興味がないように見えるラグナートだが、それはできないという意味ではないのだと思い知らされる。

ラグナートは明らかに社交界に慣れており、しかも、洗練された振る舞いができるのだ。その気になれば。

(ううん、もとからわかっていたことでしょう？　……ラグナートやジェームズはわたしとは違うって……)

身分違いというのは、ほんのちょっとした振る舞いに現れてしまう。

末端とは言え、エレンも貴族の一員だから、少しはそれらしく振る舞うことはできる。

それでも、言葉遣いや使用人に相対するときの振る舞いで、貴族のランクがわかってしまうのだ。

(口にされたことはないけど、ミスター・バレルもセシリアもわたしの身分には気づいているはず……)

ラグナートが自然にできることが、自分はできない。

その違いに気づくたびに、ぎゅっと胃の腑《ふ》を締めつけられたような痛みを覚える。

「エレン」

名前を呼ばれて顔を上げると、ラグナートはごく自然に馬車に乗るためにエレンに手を差し出す。

（こういってはなんだけれど……ディオンには絶対にできない真似だわ）

弟のディオンは家族のなかでは一番エレンに親切だが、家族は彼中心に回りすぎている。ごく自然にレディファーストの振る舞いが身につく環境ではなかった。

エレン自身、大学に行って初めて、淑女として扱われたのだから皮肉なものだった。

貴族としての封建的な考えに準じている父親は、エレンの人格などないかのように扱い、一方で、対等な友だちとしてつきあいたかった学友にとっては、エレンは淑女だった。

高位の貴族として生まれ育った学友は、女性を丁寧に扱うのが習い性になっていたからだ。

エレンを蔑んでいた学友たちでさえ、教師の目の前ではエレンのために扉を開けてくれたことがあるのだから、お笑《わら》い種《ぐさ》だ。

結局のところ、彼らの振るまいが問題ではないと、ことあるごとに思い知らされる。

ラグナートもジェームズも、挨拶代わりに手の甲に口付けすることさえ、自然に振る舞っているだけだ。

エレンだ。エレンのほうこそ、彼らに淑女として扱われていることにとまどっていた。いつまでも、自然に受け入れることができない。

(だってわたしは淑女じゃないもの……)

どんなに表面だけ取り繕っても、エレンの心が自分が何者かをわかっている。

それでも、ラグナートのパートナーとして人前にいるいまは、偽りに過ぎなくても淑女を演じなくてはならない。

手袋をした手をラグナートの手に重ねると、それだけで自分の心臓が甘く跳びはねる。

本当のことを言えば、こんなふうに大切に扱われるのはうれしい。長年父親に虐げられて来た拗くれた自分とは別に、ラグナートに舞い上がってしまいそうな無垢な自分もいる。

でも、ただこれだけのことに舞い上がってしまうことこそが、淑女扱いに慣れていない証左でもあるように感じて、エレンはよろこびを心の奥に押し隠した。

従者に見守られながら、ただ馬車に乗るだけなのに、エレンは自分が難しいレポートを書き上げたあとのように、力を使い果たした気分だった。

扉を閉められて、馬車が走り出すと、ほっとしてしまったくらいだ。

「外はもうすっかり暗くなってしまったけれど、大丈夫かしら……」

ラグナートの屋敷からここまで、決して遠くはなかったが、日の光がなくなると、急に不安になる。

ラムゼイ公爵家の紋章がついた二頭立ての馬車には、角灯《かくとう》がついていたが、それだけでは照らしきれない闇が窓の外には広がっていた。

ゆるやかな丘を下る道は、森に入るまでは遮るものがない。

月が出ているのだろう。草の波が妖しげに燦《きら》めいて、どこまでもどこまでも遠くに続いていた。

（少しだけ、うちのヒースの丘に似ている……）

侘《わ》びしくて、実りの少ない荒れた土地。

なにもいい思い出なんてないはずなのに、ふとした拍子に頭をよぎるくらいには、心を残していることに驚いていた。

（わたしの心も……コリッジ家の領地みたいなものかもしれない……）

ヒースと岩と穴だらけの虚しさが漂う光景が、それでも自分の故郷なのだ。

それが悲しいのかもうれしいのかも、エレン自身、よくわからない。

それでも、エレンの心の一部はいまもヒースの丘の岩陰に縫いとられていて、その陰のなかに飲みこまれそうになっていた。

まるでいつも、エレンの背後につきまとう影が故郷と繋がっているかのように――。

「エレン、なにを考えている?」

ラグナートの声がして、エレンははっと我に返った。

同時に、乱暴な手で窓を閉められて、ヒースの丘が狭い馬車の光景に取って代わる。

隅に取り付けられた角灯が馬車の震動に揺れながらも、明るく馬車の内張を照らしていた。

(なにを考えていたか……?)

ラグナートの顔を見ていると、故郷の虚しさに呑まれそうだった自分が遠離っていく。

以前からそうだった。

ラグナートはいつも、エレンが背後の陰に潜むなにかに囚われそうになる絶妙なタイミングで、声をかけてくるのだ。

蒼《あお》い暗闇に墜ちていくような憂鬱をなんと言葉にしたものだろう。

手を伸ばしても体温のある誰かに触れることはなく、まるで伝承に言うスカサハが支配する影の国のような、故郷のことを。

けれども、エレンが言葉に詰まったのを、ラグナートは違う意味にとったらしい。

「わかっている。君はジェームズのことを考えていたんだろう」

冷ややかな声で告げると、ラグナートの手がエレンの体を抱き寄せた。

（ジェームズ？　なんで……ジェームズの名前が出てくるの？）

さっき会ったばかりだというのに、エレンの頭から彼のことはすっぽりと抜け落ちてしまっていた。

そもそも、エレンとしてはジェームズと会えてうれしかったが、それだけだ。

友だちと舞踏会での偶然の再会をよろこんで、それで終わり。

エレンの物思いの大半に、ジェームズはほとんど関わりがなかった。

（ジェームズは伯爵家の御曹司なのだし……わたしには関係がないと思うのだけど？）

ラグナートの言葉の意味がわからなさすぎて、頭のなかには疑問符が浮かぶばかりだ。けれども、そんなきょとんとしたエレンの態度さえ、ラグナートの癇《かん》に障ったらしい。

エレンの顎を取って顔を上向かせると、まっすぐに視線を合わせた。

「君は僕のものだ。何度言ったらわかる？　それともジェームズに頼んで逃げ出すつもりだったのか⁉」

語気を強めて言われ、びくんと体がおののいた。

本当に逃げだそうとしたわけではない。怒っている人を前にしたときの、自然な反応だった。なのに、エレンの態度はラグナートの怒りに油を注いだらしい。

「きゃっ、なに、ラグナー……ンンッ！」

腰を強く引き寄せられ、荒々しく唇を奪われる。

これまでキスだけはやさしくされていただけに、ぞくりと得体の知れない震えが走る。

「んっ、ンうぅ……ふ、ぁ……あぁ……」

弄ばれた下唇が敏感に感じてしまい、こんなときなのに腰が疼きそうな愉悦を掻き立てる。揺られているせいで、ラグナートの舌がいつもよりたどたどしく歯列をなぞるのも、なぜだかどきどきした。

エレンの舌を追いかけるように舌を動かされたとたん、轍《わだち》の跡に車輪が跳ねたのだろう。がたんと、馬車が大きく揺れて、スプリングが利いた公爵家の馬車といえど、穏やかなキスをするのが難しい。

ラグナートの舌の感触が跡絶《とだ》えて、エレンの喉の奥が物欲しそうに唾液を嚥下《えんか》した。

「――……ん、ンぅ……」

角度を変えて、何度も何度も、いつもより執拗《しつよう》なキスに溺れそうになる。

キスされている間、ラグナートの手がエレンの腰を撫でているせいで、ぞわぞわと震え上がりそうな快楽が体を蹂躙する気配も感じていた。

（どうしよう……こんな……馬車のなかで……）

エレンの体はまるで匂い立つように、淫靡な誘いを放っていた。

自分でもわかっている。羞恥心も世間体もかなぐり捨てて言うなら、このままラグナートに抱かれたいと、体が強く訴えているのだった。

（そんなこと言えるわけないけど……でも……）

せめて、体を愛撫する手を止めてくれないと、湧き起こった熱が静まりそうにない。

「ラグナート……やめて……放して……」

（こんなふうに馬車のなかで触られるとわたし……はしたないことを口にしてしまいそう……）

エレンとしては、理性を必死にかき集めて、どうにか絞り出した懇願だった。

ラグナートにしても、エレンの体が反応しているのは気づいているだろうに。

彼はエレンの言葉をまったく違う意味にとったようだ。

「それはジェームズに会ったせいか？　四阿でずいぶん親しそうに話していたな……彼にキスでもされたのか？」

「……え？　ジェームズ……？」

いきなりなにを言われたのか、わからない。

たったいまラグナートの舌に蕩かされていたせいで、舌が上手く回らなくて、それがまるで甘えるような口調になってしまっていた。

聞くものによっては、まるでジェームズの名前を大切に呼んでいるかのような響きになっていたが、エレンには気づく由もない。

「いつもよりキスの反応が激しいのは、さっきジェームズにキスされたせいじゃないのか？　エレン」

冷ややかな声に詰問されていると気づいたのは、エレンの背中でコルセットの紐を解かれたあとだった。

ラグナートはエレンを抱きかかえるようにして、器用に上衣とコルセットをゆるめると、あっと思う間もなく、エレンの双丘をドレスから引き出してしまった。

「きゃあ、な……に……あぁんっ……！」

急に胸が楽になったエレンは驚くあまり声が出た。

しかも、ラグナートが鎖骨から胸の膨らみまで、すぅーっと指先を滑らせたせいで、たまらずに嬌声があがる。

「誰かに触られた様子はないようだが……暗くてよく見えないからか？」

ラグナートは独り言のように言うと、エレンの腋窩に手を入れて、自分の膝の上にエレンを抱きあげた。

それも、双丘を彼の眼前に晒すような格好で。

「や、やぁ……ラグナート……待って……こ、こんなこと……」

──嫌。やめて。

そう言おうとして、言葉に詰まる。

体の芯は彼の手に触れられて、ずくりと疼いていた。違う言葉を叫んでいた。

──もっと触れて。肌を重ねて。もっと激しいキスをして。

淫らな自分を直視したくないのに、ラグナートに強引にされると逆らえない。

彼の手に触れられれば触れられるほど、もっと欲望を掻き立てられたい自分が剥《む》きだしになり、理性の抗いが弱くなってしまう。

（ああ……でも、すぐそこに御者だっているのに……）

車輪の音で多少の物音は掻き消えるだろうが、甲高い嬌声を上げたら、お仕舞《しま》いだ。

馬車のなかでエレンがラグナートに抱かれていると、気づかれてしまうかもしれない。

理性と欲望がエレンの心を引き裂いているうちに、ラグナートの舌先がエレンの胸の頂をくるりと弄んだ。

寝室ではない場所で胸を露わにされ、窓を閉じた密室とは言え、すぐそばに人がいるという異常な状況で。

エレンの体はより緊張して、昂《たか》ぶりやすくなっているのだろう。

赤い蕾の括れを辿られ、押しつぶすようにつつかれただけで、まるで雷に打たれたかのように、快楽が背筋を走った。

「ンあぁんっ……ひゃ、あぁ――あっ…………ッ！」

びくんと背を仰け反らせるようにして不安定な膝の上で体が跳ねた。それでいて、声を出してはダメという意識が強く働き、思わず、自分の口を手で塞いでしまっていた。支えを失ったエレンの体が後ろに倒れそうになる。

「エレン……なんで口を隠す？　かわいい啼き声を抑えるのはやめろ……」

エレンの腰に手を回したラグナートが、色香を帯びた声で命令する。

こんなに感じているときに聞くには、あまりにも危険な声だ。頭の芯まで蕩かされて、なにも考えずに従ってしまいそうになる。

「や、ぁ……こんなこと……こんな……」

ラグナートは片手でエレンの体を支え、もう片方の手で、エレンの口に当てた手を簡単に引《ひ》き剥《は》がした。

もともと力の差は歴然としていたが、それでなくとも、快楽を覚え始めたエレンの体は、ろくに力が入らなくなっていた。

いやいやとむずかる子どものように首を振って、ラグナートの慈悲にすがろうとする。

なのに、ラグナートは自分の膝に重なるエレンのドレスとペチコートのなかに手を入れると、ズロースの割れ目から手を入れて、エレンの秘処で指を動かした。

「いやだというわりに、体は嫌がってないようだけど……エレン？　いつのまにかこんなに濡れて……それとも嫌なのは妻としての役目のほうか？　僕に抱かれるのは嫌だとでも？」

「ひゃ、あ……、あぁんっ、違……あっ、あっ……やぁ、指、かき交ぜちゃ……ンあ……あぁんっ！」

エレンに問い返しながら、淫唇で指を動かされたからたまらない。

声を抑えようとしていたことも忘れて、エレンは指の律動に合わせて、短い喘ぎ声をあげた。

「あいかわらず、君はいい声で啼く……エレン。その声を聞いていいのは僕だけだ……かわいいエレン……」

くちゅくちゅと、淫唇を嬲《なぶ》られるうちに、敏感な淫芽が膨らみ、そこを擦られると、もうダメだった。

腰がひっきりなしに揺れて、体は快楽を貪ってしまう。

「ンあ……あぁんっ、あっ、あっ……――ひぃん、ンあぁ……――ッ！」

びくんびくんと痙攣するように体が跳ねて、エレンは絶頂に上り詰めさせられてしまった。

今度はラグナートにもたれかかるように力をなくしたエレンの体を抱きしめて、ふるふると揺れる胸を揉みしだく。

「……はぁ、あぁ……や、ぁ……それ、は……ラグナート……あぁんっ……」

頭も体も快楽に蕩かされて、まるで自分がただただ愉悦を貪る獣になってしまったみたいだ。

皮膚の皮一枚を隔てた内側が、熱い疼きに灼《や》かれているようで、体中が火照って仕方ない。

一度、絶頂を感じてしまったせいだろう。肌を愛撫されるだけで、またすぐに愉悦が昂ぶってしまう。

体が欲望を貪ろうとするのが怖くて、余計に、やめてほしいという言葉が口を衝《つ》いて出る。

それがラグナートを駆り立てるキーワードになっているなんて、エレンに気づく余裕はもうない。

いつのまに、ラグナートは自分の下衣――クルターパジャマの前を寛《くつろ》げていたのだろう。

下肢の狭間に硬いものがあたってドキリとした。

ペチコートのなかで手を動かされ、ズロースの腰紐を解かれたのがわかる。

「あ……あぁ……」

必死で抗えば逃れられるかもしれない。なのに、自分の体はラグナートを拒否するようには動かなかった。

もう何度も抱かれたせいだろう。濡れそぼった蜜壺は、ラグナートの反り返った肉槍を受け入れただけでなく、奥へ奥へと勝手に蠕動《ぜんどう》した。

さっきから疼いて仕方なかった空隙を満たされて、エレンの膣道はまるではしゃいだように肉槍を貪っている。

「あ、あぁ……ふぁ、ラグナートの、大きい……あぁんっ」

ずずっと奥まで肉槍を挿し入れられ、胃の腑が迫《せ》り上《あ》がるような苦しさも湧き起こる。それでも、快楽のほうが圧倒的にエレンを支配していた。

ラグナートの首に抱きついているせいで、胸の先が服の目地に、刺繍の凹凸に擦れるのさえ愉悦を感じ、ぶるりと身を震わせた。

馬車の振動のたびに肉槍が膣道で蠢いて、愉悦を体の芯に刻みつける。

「んっ、あぁん……ふ、ぁあん……――ンあぁ……ひゃ、あぁん……ッ！」

抽送をされる前から、馬車の振動がその代わりとなって、エレンの体を揺さぶる。鼻にかかった嬌声が唇から零れてしまう。

（ああ……ダメ、なのに……わたしわたし、溺れちゃう……ああ……）

なにかに縋りついていないと、自分が吹き飛んでしまいそうで、エレンは必死に力の入らない手でラグナートの首に抱きつこうとした。

襟足にかかる少し癖のついた黒髪は柔らかくて、指先に絡めて無造作に弄ぶと心地よい。

大学にいたときから、ラグナートは穏やかな微笑みを浮かべているくせに、どこかしら近寄りがたいところがあった。

その彼の髪をこんなかき交ぜられるのは、いまだけはエレンの特権なのだ。そう気づいて、わけもなく感動していた。

「ラグナート……キス……して……」

たまらずに零れてしまった言葉に、エレン自身が一番驚いていた。

自分はなにを言ってるのだろう。

馬車のなかでこんな淫らな格好をしているときに、キスを強請《ねだ》るなんて。

(馬鹿みたい……わたし。娼婦《しょうふ》だってこんなことはしないわ……)

熱に浮かされたときのように譫言を呟いたみたいだ。

次の瞬間には、その言葉を取り消したくなっていた。

「あ、あの……ラグナート……違うの。いまのは間違い……んんっ！」

訂正の言葉を口にしているうちに顔を寄せられ、鼻先が触れ合ったかと思うと、言葉の続きを封じられた。

押し付けるようなキスが、そのまま唇を啄むキスに変わり、何度も何度もエレンの唇が美味しくて仕方ないとばかりに、唇を食んでくる。

「んっ、ふぁ……は、ぁ……んんっ、ンぅ……は、ふぅ……」

ぎしぎしと、腰を揺さぶられながらキスをされ、下肢の狭間はひっきりなしにぐちゅぐちゅと音を立てていた。

キスの蕩けそうな甘さと、下肢に与えられる腰が砕けそうな快楽とで、エレンの理性はすっかりと堕落してしまった。

（ああ……もう、ラグナートの唇と、気持ちよくなることしか考えられない……）

ラグナートの手で腰を揺さぶられるだけでなく、エレン自身もいつのまにか、腰を動かしていた。

「は、あぁ……あぁん、あぁ……ラグナート……わたし、わたし……も、ぅ……ダメ……」

（めくるめく快楽に翻弄されすぎて、体が崩れそう……）

地面にくずおれるとか、四肢に力が入らないと言うより、いまにもエレンの体の輪郭が溶けて、なくなってしまいそうな心地に怯える。

「いいよ……エレン。ぐずぐずにダメになってしまえ……そうしたら、エレンはジェームズのことなんて忘れて、僕のことしか考えられなくなるだろう?」

ラグナートがエレンの腰を持ち上げるようにして肉槍を引き抜き、また腰を落とすと、さっきまで穿《うが》たれていたより奥に当たり、ずくんと、腰の芯が淫らに脈動した。

「あぁっ……あっ、あっ――はぁ、ゃ、あぁん、あんっ……あぁぅ……あっ、あぁ――」

抽送を繰り返されるうちに、震え上がるような愉悦にエレンの体は蹂躙され、ひっきりなしに嬌声が零れた。

「ほら、エレン……イってもいいぞ……そのかわいい喘ぎ声に免じて許してやる。僕のかわいいエレン……」

膣道の奥に精を吐き出されながら胸の先をきゅうと抓まれ、エレンの体はびくんと大きく跳ねた。

「ひゃ、あぁ――んあっ、あっ……――ふぁ、あぁん……――ッ！」

性感帯を二カ所同時に責められ、ただでさえ感じやすくなっていた体は、震え上がるような快楽に飲みこまれた。

やわらかい和毛で素肌を撫でられたときのように、くすぐったさと怖気《おぞけ》と快楽と、そのどれもが絶妙に入り混じった感覚に蹂躙される。

（あぁ……わたしはまた……快楽に堕《お》ちてしまった……）

愉悦を感じたからと言って、こんなふうに馬車のなかで交わるなんて、獣の如き所業だ。

そう自分を恥じる一方で、してはいけないことをしているという背徳感に酔わされてもいた。

愉悦に意識が飛びそうになるエレンのなかに、いくつもの矛盾した感情が乱れる。

なんてはしたない。気持ちよかった。もっと溺れていたい。御者に喘ぎ声を聞かれたかもしれない。恥ずかしい。信じられない。でも、

——自分はラグナートの妻なのだから、夫の求めに応じて抱かれるのは仕方ない。

結婚証明書が頭を過ぎり、最後にはそんな考えが羞恥を上回った。

ラグナートの胸にぐったりと体を預けたまま、そこでエレンの意識はふっつりと途切れてしまった。

すぅすぅと寝息を立てはじめたエレンの灰金色の髪を耳にかけながら、

「早く子どもを孕んでしまえ……君が僕のところから逃げ出そうなんて考えないように……エレン……」

ラグナートが囁いた低い声は、夢うつつの世界にたゆたうていたエレンには届かなかったのだった。

# 第六章　夫の秘密を知ってしまった妻は

馬車の天井の内張《うちばり》を眺めながら、エレンはずっと考えていた。

――どうしてラグナートはジェームズと会っていただけで、あんなに怒ったのかしら。

オーガン伯爵家からの帰り道のことだ。

馬車のなかで抱かれている間も、エレンはずっと不思議に思っていた。

――『それはジェームズに会ったせいか？　四阿《あずまや》でずいぶん親しそうに話していたな……彼にキスでもされたのか？』

そう言ってエレンに食いつくようなキスをしてきたのだ。

そのときの激しさをエレンはなかなか忘れられなくて、ラグナートと顔を合わせると、つい顔を背けてしまうようになっていた。

（失礼な物言いかもしれないけど……なんというか、直視すると危険というか……）

言葉にすると陳腐なのだが、エレンはラグナートにどきどきして、挙動がおかしくなる自分に耐えられない。

彼の唇を見ると、また譫言《うわごと》のように、「キスして」などと強請《ねだ》りそうな自分がいる。

そんな自分を戒めようとすると、どうしても彼を避けるような、素っ気ない素振りになっていた。

エレンはずっと戦っていたのだ。

舞い上がってしまいそうになる自分と、ラグナートに妻だと紹介されて信じてしまいそうになる自分と。

(だって……あんなの……まるでジェームズに嫉妬してるみたいじゃなかった? それとも、わたしの気のせい?)

ありえないと思いながらも、ラグナートが自分に執着しているように思えて、つい頬がゆるんでしまいそうになる。

愛されているなんて思うのは、自分の立場ではおこがましい。

後継者を作るために、ただ必要だから、買われてきただけだ。

エレンにとっては贅沢すぎる大きなお屋敷も瀟洒《しょうしゃ》な調度品も、借り物のようなものだ。

毎日のように散策する美しい庭でさえ、いつか醒める夢だと思っている。

ラグナートの求めに応じて抱かれて、彼が飽きたら捨てられるのだろう。

父親がエレンを簡単な言葉で売り渡したように、ラグナートもきっといつかエレンをいらなくなる。

——そうしたら、この美しい夢は終わるのだ。

エレンは日々、そのことを忘れないようにと、繰り返し繰り返し、自分に言い聞かせていた。

それでもときには、本当はどちらなのかわからなくなる。

「……エレン」

珍しく訪れたラグナートの書斎で、誘うように腰を抱かれ膝の上に乗らされてしまう理由はなんなのか。

彼が欲望を好きなときに発散させたいだけだと、自分に言い聞かせる一方で、もしかして、彼は本当にエレンに執着しているのではという考えが頭を過ぎる。

（そんなの……自分に都合よく考えすぎだわ……ありえないんだから……）

自分の甘えを切って捨てたい。なのに、ラグナートから誘いを受けると、その手がエレンを求めているような錯覚をしてしまう。

耳の後ろに唇を寄せて、柔らかい唇が蠢く感触がやけに甘く感じて、頭の芯まで恍惚とさせられるのだ。

ラグナートの肉厚な舌先が耳殻を辿り、エレンの耳元で、くちゅくちゅと音を立てたあとで、耳朶を甘噛みする。

そのもったいつけた動きは、本当に欲望を満たすだけの動きなのか、エレンにはわからない。

(だって……でも……)

子どもがされるように膝抱っこされ、背後から伸びた手に露わになった乳房を弄ばれるのはいい。

まだ快楽の範疇《はんちゅう》かもしれない。

でも、エレンが肩越しに振り返ったときの、ラグナートの視線の意味はなんなのだろう。

漆黒の瞳と視線が絡むと、エレンの頭は熱を上げて、つい、吸い寄せられるようにキスをしてしまう。

昼間から、しかも書斎の机の前に座って、こんな淫らな行為に耽《ふけ》っているなんて。

そう思うのに、唇と唇を重ねて、何度も何度も角度を変えてキスをしていると、そんな羞恥心はすぐにどうでもよくなる。

もっとキスしていたくて、もっと体に触れてほしくて。

体の奥でずくずくと疼く欲望とは別に、もっとしあわせを予感させる感情が心の深い深い場所で湧き起こる気がしていた。

ズロースを椅子の足下に落とされると、スカートを穿《は》いたままとはいえ、すぅすぅとして心許ない。

　なのに、ペチコートごとスカートを捲《まく》りあげられ、屹立《きつりつ》した彼の肉槍を覆い隠すようにふわりと落とされると、それだけで期待で腰が揺れた。

「ひゃん！　ンあぁ……ラグナ……ふ、あぁっ！」

　何度も抱かれたあとでは肌が愛撫に反応しやすくなり、淫蜜が溢《あふ》れ出すのもたやすくなっていた。

　初めてのときにはあんなに痛かったのに、いまとなっては簡単に肉槍を受け入れる体の変化に軽い衝撃を受けてしまう。

（ああ……わたしの体はこんなに淫らに墜ちてしまった……）

　夫婦生活をどんなものだと想像していたのかと問われれば、答えに困る。

　でも、夫に抱かれるというのは、もっと義務的な行為だと漠然と考えていた。

　父親に売られたときのエレンの心のように、冷え切っていて、からからに干涸らびていて、なにも感じなくなるようなものだと。

「すごいな……エレンのここは僕のを奥まで銜《くわ》えこんで……ずいぶん物欲しそうに締めつけてくる……っはぁ……」

「ンひゃう……ッ！　あぁ……待って、そんなに急に動かれると……あぁんっ、ンあぁっ、ああ……ッ！」

ぐりっと肉槍を動かされると、急に膣壁の感じるところを掠められて、甲高い嬌声が迸る。

椅子の上で抱かれているせいで、ベッドで抱かれたときとは肉槍が当たる場所が違う。

これまで感じたことがない刺激を与えられて、エレンの腰が悩ましくくねった。ぞくぞくという愉悦が昂ぶり、理性とは別に、体はもっともっとと愉悦を強請ってしまう。エレン自身、どうしようもないほどに。

ぎしり、とラグナートの座る椅子が軋んだ音を立て、一度引き抜かれた肉槍がまたエレンの膣道深くに突き刺さった。

「ひゃあぁぁっ……——！　あっ、あっ……ン、ふぁ……ぁあん……ンひゃぅ……！」

抽送を繰り返されると、エレンは露わにされた乳房を揺らして、びくびくと身を揺らした。

（ああ……気持ちいい……溺れて……しまいそう……）

自分の体から力が抜けてしまいそうで、机の端に震える指先をつく。

体を支えようとして指を伸ばしたのに、硬くて冷たい樫の木の感触にどきりとする。

一瞬だけ、我に返ったのがよくなかった。

書斎の硬い扉を叩く音が乱れたエレンの耳にも届いた。

まさか。こんなところを誰かに見られたらどうしよう。

火照った体に冷水を浴びせかけられた気分だった。なのに、エレンの体を弄ぶ夫の手は動きを止めない。

「ん、あぁ……はぁ……あぁんっ、ラグナー……ンあんっ、誰か、扉をノックしてる……ひゃ、あぁん！」

臍回りを撫でさすりながら、だんだんと手が上に伸び、快楽に震えるエレンの胸に辿《たど》り着《つ》くと、骨張った指を器用に動かして揉みしだく。小さな炎が体の内側をゆったりと灼いていくようだ。女の体は、痛みを覚えるほど強く掴まれるより、やわらかい手つきで撫でられるほうが快楽を感じるのだと、ラグナートの愛撫で気づかされてしまった。

胸の先もそうだ。くすぐるように擦られると、弱い。

扉の向こうに使用人がいるかもしれないと思いながら、体の芯は愉悦を貪り続けていた。

「気にすることはない……君の体は僕のもの。君の仕事は僕に抱かれることだ。ああ、でも君のかわいい啼き声を聞かせるのはもったいないかな？」

ラグナートはエレンの体がどうすれば愉悦を覚えるか、把握しているのだろう。

エレンの体を机の上に押し上げると、背後から突きあげるようにして抽送を速めた。

「……っひ、あっ、あぁっ――んあぁんっ、あっ、あぁ……ッ！」

角度を変えて突かれると、雷に打たれた瞬間のように、頭の芯まで愉悦が走る。

抑えようとしても鼻にかかった声がひっきりなしに零れ、震え上がるような愉悦がとめどなくエレンの体を蹂躙した。誰かがいるかもしれないなんて、意識から抜け落ちてしまった。

邪魔くさそうにペチコートごとスカートを捲りあげて尻肉を掴まれると、蜜壺が引き攣れて、そのわずかな動きにも感じてしまう。

（ああ、どうして……どうしてこんなに気持ちいいの？　こんなことをして許されるの？）

抽送の律動に合わせてエレンの体が揺れるたび、胸の先が机の木肌に触れて擦れる。その感触にも乱されて、欠片のようにちりぢりになっていたエレンの理性はもう瀕死《ひんし》寸前だった。

もう一度、ノックが響き、ラグナートがなにごとか答えた気がしたのも、エレンの耳には聞こえなかった。

ただ、膣道の奥に熱い精を放たれた瞬間、絶頂に大きく身じろぎしただけ。

「はぁ、あぁん……あっ、あっ、ラグナー……ト……わたし、わたし……ンあぁんッ！」

びくびくと痙攣したように体を震わせて、エレンは快楽の波に飲みこまれてしまった。

ふぅっと意識が飛んだあとで、露わにさせられた胸を隠すように、ラグナートの上着をかけられるのを、ぼんやりと理解する。

エレンを椅子に残したまま、立ちあがったラグナートは自分の身なりを正したのだろう。

扉の側まで出向いて、使用人となにごとか話す声を聞きながら、エレンはすぅっと微睡《まどろ》みに落ちてしまった。

†　†　†

何度も抱かれるうちに、次第にエレンは自分の立場がなんなのか、わからなくなっていた。

形ばかりは結婚証明書を持ちながら、大きなお屋敷の片隅に暮らす娼婦のようなものなのか。

あるいは本当に、ラグナートの妻として振る舞っていいのか。

（買われた花嫁に過ぎないのに、『妻です』なんて大きな顔をしていたら、使用人だって不愉快ではないの？）

それがエレンの本音だ。

だから、初めのうちは身を縮めるようにして、ラムゼイ公爵家の屋敷で暮らしていた。それが、買われた花嫁としての正しい振る舞いだと思っていたからだ。

しかし、公爵家の使用人の態度にはエレンを蔑《さげす》む気配はなくて、エレンのほうがとまどうばかりだ。

ごくごく自然に、「奥さま、どういたしましょう？」とエレンに指示を仰いでくるし、わからないことも親切に教えてくれる。

それに、一番身近にいるセシリアにしても、エレンが娼館にいたことを知らないようなのだ。

(オーガン伯爵にもジェームズにも、わたしのことを妻だと紹介していたし……)

自分は形だけの妻ではないのだろうか。

それとも、周囲に対して形だけの妻でもいることを見せつけたいのだろうか。

わからないのはラグナートの立場もだ。

社交界に彼と顔を出したときの、なんとも言えない周囲の空気。

はしたないまでの好奇心と、彼の身分に対する慇懃《いんぎん》無礼《ぶれい》なまでの羨望とが入り混じった視線はいつも居心地が悪かった。

エレンにとっての彼は、ふたつの高貴な身分を持つ雲の上の人だった。しかし、

(わたしが思ってたよりずっとラグナートは複雑な立場に置かれていたのかもしれない……)

エレンはそのことに、ようやく気づきはじめていた。

(あるいは、これこそが訳ありの客として娼館にやってきた理由なの？　もし、そうだとしたら……)

彼は娼館で買える貴族の生娘なら、誰でも花嫁として迎え入れたことになる。

(わたしじゃなくてもよかったのよね……あんなふうにキスをして、モーニングティーを淹《い》れる相手は)

初めからわかっていたはずなのに、現実を突きつけられると、自分は正式な妻ではないのではと疑いながらも、つい浸ってしまっていた新婚気分が急に醒めてしまう。

エレンの心は揺れていた。

どんな事情があって彼が娼館に花嫁を買いに来たのかは知らない。

しかし、キスをされて抱かれるとき、彼の唇や指先から伝わってくるのは、欲望だけじゃないように感じていた。

もし自分が、ただ子どもを産むだけの存在ではなくて、本当に公爵家の奥さまとして遇されているというなら、エレンももう少し自覚を持つべきなのではないか。

そんな気の迷いが生まれることもあった。

それでいてやはり、ときおりエレンを疑念の塊に墜とすいくつかの、どうしても腑に落ちないことがあった。

そのひとつが、屋敷のなかに立ち入ってはいけない場所が存在するというものだ。

初めはよくわかっていなかった。

正直に言えば、どこまでがエレンの自由になるのかわからなくて、買われた花嫁が勝手に出歩いてはいけないのではないかと、自分で自分の行動を制限していたからだ。

最初に案内された部屋は広く、その部屋だけでエレンが生活をするには十分すぎるほどだった。寝室や浴室が続きについているばかりか、二階への階段があり、バルコニーに出れば庭が見渡せる。

驚いたことに、自由に庭に出てよかったし、夏の庭を散歩して、ハーブが植えられた一画のなかにルバーブを見つけて、行儀悪くも囓《かじ》ってみたりした。

酸っぱいルバーブのパイはエレンの大好物だ。

その話をセシリアにしたら、翌日のアフタヌーンティーにはルバーブのパイが出て、エレンはたいそう感動してしまった。

本さえあれば、いくらでも時間を潰せる性質というのは、エレンの特質だと言える。どこにいても簡単にしあわせになれるし、退屈すると言うことはなかった。

それでも、自分の暮らす部屋とその前に広がる庭に慣れてくると、エレンのなかに持ち前の好奇心が湧き起こってきた。

「このお屋敷に部屋はいくつあるのかしら?」

それは素朴な疑問だった。

(この廊下を歩き続けたら、どこに辿り着くのだろう……)

広い広い屋敷の廊下にひとりになる瞬間、エレンの脳裡に、ふぅっとオーガン伯爵の屋敷が思い浮かぶ。

回遊路を歩くうちに表情を変える石造りのお屋敷。

使用人が教えてくれた言葉。

――『はい、奥さま。小道を通っての回遊路がございます。いまから一周なさるのは、ちょっと難しいかと思いますが……』

主の性格によるものだろうけど、ラムゼイ公爵家の屋敷はあまりにも見えてる顔が少なすぎる。

（それともわたしが見てるものがこのお屋敷のすべてなのかしら……）

この屋敷はまるでラグナートそのもののようだ。

感じよく穏やかで居心地がいいのに、どこかしら秘密めいている。

その秘密を感じとった瞬間だけは、どきりとさせられるのに、心の片隅はその秘密に惹かれてもいた。

その秘密を暴きたいと思う自分がエレンに囁くのだ。

もっと先へ行ってみないか、と――。

その悪魔の声に導かれるようにして、エレンはある日とうとう、いつもはひとりで通らない廊下の先へと足を踏み入れてしまった。

意を決して探検しようとか、知らない場所に行こうと思ったわけではない。単に迷ったのだ。

ラグナートは用事があるらしく、数日、屋敷を留守にしており、エレンは暇を持て余していた。

屋敷の構造を覚えようというささやかな努力をしていたのが、裏目に出たのだ。

生活には慣れても広い屋敷を把握しきっていないエレンは、いつのまにか自分の知る場所へ戻る通路がわからなくなっていた。

普段は入りこまない通路の奥で途方に暮れたエレンは、奥まったところにあるうち、鍵の開いていた扉を試してみることにした。

(寝室の前の庭には回遊路はないけど、使用人が使う通路があるはずだわ)

大きなお屋敷になればなるほど、住人と使用人を使う通路を分けており、綺麗な外側からは見えない生活感の溢れる通路を隠しているのが常だ。

一度外に出てしまえば、建物の周りをぐるりと回って、そんな通路を見つけられるのではないか、その通路を使えば、知っている場所に出られるのではないか、そんな期待をかけた。

(それに、使用人通路のほうが誰か歩いているかもしれないし……)

表の通路で見かけるのは、せいぜい家令や執事、侍女長といった上級使用人だけだ。

けれども、これだけのお屋敷なのだから、見えないところでもたくさんの使用人が働いているはずだとエレンは考えた。

「ここは……客室かなにかかしら？」

扉を開いた先には応接セットが置かれ、家具が置かれ、談話室のように、ひととおり質のいい家具が揃っていた。使われている気配はない。

埃が被らないようにだろう。ライティングボードにかけられた布をめくってみると、精巧な浮き彫りが施されていた。

ひっそりした部屋に足を踏み入れるのは、子どものころ、かくれんぼうで入っては行けない部屋に足を踏み入れたときのような、禁忌の感覚があった。

早く部屋を出ていけと、まるで部屋そのものから圧迫感を与えられているみたいだ。

「バルコニー窓から外に出られそうだわ……」

鍵を開け放したままになってしまうから、あとでセシリアか、執事のミスター・バレルに鍵が開いているという必要があるだろう。

この屋敷では、エレンが実家でしていたように、様々なことを自分でしてしまうわけにはいかないのだ。きちんと使用人を雇っており、彼らには仕事があるからだ。

それでも、いまはどうにか見知ったところに辿り着く必要がある。

錠を抜いて両開きの格子窓を開き、エレンはそっとバルコニーに出た。

「ここは……どこかしら……？」

屋敷の裏手に出たと思ったのに、思っていたような光景とは少し違っていた。

きちんと刈りこまれた庭木に、季節の草花を立体的に植えた花壇は、明らかに庭師の手が入っている庭だ。

使用人だけが通るような、『屋敷の裏側』ではない。

客を迎えて自慢するために整えられたと言っても過言ではない華やかさが、エレンを出迎えていた。

奥には温室の屋根とおぼしき、六角形のガラス天井が見える。

エレンの家では屋敷の裏側に手を掛ける余裕はなくて、荒れ放題にハーブが蔓延《はびこ》り、手をつけられない状態になっていた。それと比べると、天と地ほどの差がある。

エレンとラグナートが暮らす部屋の前に広がる庭よりも、あるいは手をかけてあるのではと思ってしまうほどの美しい庭だった。

思わず、誘いこまれるようにバルコニーの階段を下りていく。

花壇をよく見るための回遊路まで整えられており、夏の花とさまざまな緑がその先へと広がり……

「ああっ……！」

エレンは思わず驚きの声を上げていた。

キリンの形に整えられた植木の向こうに、エレンが暮らすのとは違う大きなお屋敷が建っていたのだ。

おそらく、馬車でアプローチについたときには、手前の建物に隠れて見えなかったのだろう。

「こんなにすぐ近くに、お隣のお屋敷があるものかしら？」

エレンは不思議な気持ちで、唐突に現れた石造りの建物を見上げた。

ふたつの円塔を持つ建物は、屋敷と言うより、まるで城のようだ。

壁には蔦《つた》が這い伸び、エレンが暮らす建物と比べると明らかに年代物の雰囲気を漂わせている。

いままでずっと見ることができなかった場所がすぐそばにあった。

まるで秘密の花園だ。興味を引かれないほうが無理というものだろう。

エレンの足は一歩、また一歩とお城に近づいていった。

花壇を眺めて回遊路を進むうちに、エレンは気づいた。この庭が、まるで古めかしい城とエレンが暮らすお屋敷とを繋ぐように作られていることに。

ふたつの建物は緩やかな丘の上に建っていて、庭はその間の谷にある。

数段の階段を下りたところには噴水があり、この庭の見所になっている。

そこから城までは、段々に作られた花壇と人工の小川を眺めながら幅広の緩やかな階段を上らなくてはならない。

一歩、階段を上りかけて、エレンは少しだけ躊躇《ためら》った。

(どうしよう……元のお屋敷に戻ろうかしら……)

古めかしい城に近づくにつれ、その威容がのしかかるように迫り、好奇心が畏れに変わる。じわじわと、遅効性の毒が体の末端から回ってくるかのように、不安がエレンを侵食していた。

建物と建物に囲まれた庭は、あまりにも静かだった。

さっきまでここにも人がいたのに、エレンが入りこんだ途端、息を潜め、物陰からのぞかれているかのようだ。

あるいは、エレンだけを残してみんな去ってしまったときの焦燥感にも似た奇妙な不安だろうか。

いつも散歩する庭なら、ひとりでいることはまるで気にならないのに、この庭にひとりでいると、妙に不安になるのだった。

(庭の全景が城からよく見えるからかもしれないけど……)

まるで城から監視されているような、そんな不穏な錯覚に陥る。

さっきまでエレンはまるで学生時代に戻ったかのように好奇心旺盛で、怖い物知らずだった。

しかしいまは、自分が狩られる兎《うさぎ》なのではないかという疑念を振り払うことができない。

長年、エレンの陰に住んでいた憂鬱が陰から光へと沁み出して、この谷全体を覆っているみたいだ。

空の色までもが、さっきまでの晴天が嘘のように、重苦しい灰色の雲に覆われようとしていた。

──『仮面をつけてくるような貴族はみんな訳ありだ。気をつけな』

なぜだか、唐突に娼館のロクサーヌの言葉が天光が弾けたようによみがえる。

どきり、として階段を上る足が止まった。

知らないほうがいい。この先に進まないほうがいい。

エレンの頭の片隅で、第六感が必死に警告をしていた。

それなのに、まるでねじを巻いた自動人形になったかのように、足は先へと進んでしまう。

誰かがエレンの体を動かしているのではないかと思うほど、自分の意思で歩いている心地がしないまま、エレンは六角形のガラス天井を持つ温室へと近づいてしまった。

扉からガラスをのぞきこめば、温室のなかは南国の植物が所狭しと繁茂していた。

エレンは植物図鑑でしか知らないような、大きな広い葉の植物が、鮮やかな赤い花が、目に飛びこんでくる。

「綺麗……ああ、でもあの花は……」

毒を持つ花だったかもしれない。

そんなあやふやな知識がよぎり、またここは危険な場所だと、エレンに警告した。

帰ろう。誰かに見つからないうちに。

そう思って温室からそっと後退りしたときだった。

「あら、珍しい……私の温室にお客様が来るなんて」

涼やかな女声がすぐ近くで聞こえ、心臓が口から飛び出そうなほど驚いた。実際、悲鳴めいた声が自分の口から飛び出していたことにも驚いていた。

「……ひゃっ！　……あぁ……あの……きゃっッ」

びくんと体が跳ねた途端、足下も見ずに後退りしようとしたエレンは、わずかな段差に足を取られて転んでいた。

間の悪いことこの上ない。

走って逃げることもできずに、レンガの上に尻餅をついたまま、彼女を見上げる。

波打つ蜂蜜色が印象的な、美しい女性がそこにいた。

大輪の白いダリアのように、たった一輪でもその場を支配してしまう雰囲気を漂わせた貴婦人だ。

長い髪を結い上げずに下ろしているせいだろうか。その華やかな美貌に似合わず、どこかしらあどけなくも見える。

「驚かせてしまったなら、ごめんなさい。でも、見かけない顔だったから……新しく雇った侍女かしら？」

貴婦人の表情に悪意はなく、それがただの疑問なのだとわかる。

でも、侍女なのかと訊ねる言葉は、エレンを鋭く打ちのめした。

「わ、わたしは……」

――ラムゼイ公爵……ラグナート・フレデリック・ラムゼイの妻です。

そうすんなりと口から出てくれれば、どんなによかっただろう。

けれども、先日ジェームズと会ったときのことを思い出してもなお、エレンは胸を張ってラグナートの妻だと口にすることができずにいた。

どうしても喉の奥に引っかかった小骨のように、ささやかでいて忘れ去ることができないなにかがエレンを引き止めるのだ。

――本当はわたしは公爵夫人になれるような女ではないと。

買われた花嫁にすぎません、と素直に言うことができるなら、いっそそうしたいくらいだ。

エレンはどう答えたものかわからなくて、曖昧に微笑んでごまかすしかなかった。

それにしても、ここはいったいなんなのか。

まだラムゼイ公爵家の敷地のなかにいるのだろうか。

(勝手に庭に入りこんだことを咎《とが》められるかしら……)

ラムゼイ公爵家のなかだというなら、ラグナートの妻であるエレンが好きに歩いていて咎められる謂《い》われはない。

しかし、もし隣の敷地に入りこんでいたというなら、謝って帰り道を教えてもらおう。

そんなつもりでいた。

謎の貴婦人が心配そうにエレンを見ていることに気づいて、エレンは慌てて立ちあがる。

ドレスについた埃を払い、気を取り直して、訊ねてみた。

「あの……こちらはラムゼイ公爵家の敷地でしょうか?」

庭は古めかしい城とエレンの暮らすお屋敷の間にあるのだから、普通に考えれば、持ち主は同じはずだ。

この辺りは微妙に起伏がある地形になっていて、馬車から降りた正面玄関のあたりからは、敷地の全景が捉えられなかったのだろう。

そんなふうに自分を納得させていると、貴婦人は思ってもみなかったことを口にした。

「あら……もしかして主人のお客さまかしら? あいにく、主人はいま家を留守にしておりますの。日をあらためてもらっていいかしら？」

貴婦人の言葉はごく自然で、ともすれば聞き流してしまいそうだった。

でも、なにかが――さっきからエレンに鋭い警告を放っていた第六感が働き、問いとなって口からするりと出てきた。

「主人というのは……」

「ラグナートのお客さまなのですよね？　ああ、そうだわ。見てもらえばわかるわね」

そう言って、彼女はエレンを手招きして、蔦の絡まる壁を巡り、正面にあった重たそうな扉を開いた。

扉の正面には紋章盾が掲げられており、エレンもよく知るラムゼイ公爵家の紋章が刻まれている。

（やっぱり……やっぱり本当にここは、ラムゼイ公爵家の城なんだわ……）

すり減って磨きこまれた石の床が続いている廊下を歩くのは、まるで中世に迷いこんだ気分だ。

あまりにも予想外の場所にいる気がして、エレンがとまどっていると、釣り鐘型の飾り窓の前で、貴婦人が手招きしていた。

「こっちよ。入ってきて」

大きな扉を開き、通された先は、ロングギャラリーのようだった。

いつの時代の物かわからない騎士の鎧《よろい》や首のないギリシャ彫刻の写し、それに代々の公爵家一族の肖像とおぼしき絵画が高い天井の先まで壁一面に飾られている。そのうちの大きな肖像画を指差して、貴婦人が言った。

「ほら見て、うちの主人よ」

白魚のように美しい手の先に、エレンがよく知る顔があった。

「ラグナート……」

金糸の刺繍飾りのついた白いシャルワーニーを纏う、背の高い男性の肖像画だ。

褐色の肌に少し癖のついた黒髪。

絵のなかのラグナートはこの城の窓辺に佇んでいるのだろう。飾り窓から光が射しこみ、服装の白と背景の陰と髪の漆黒の対比が、絶妙なバランスで成立していた。

やわらかな微笑みを浮かべているところまで、写実的によく描かれている。

写真機で撮られた現実の写しでなくとも、描かれた人物が特定できるほど、よく似ていた。目を瞠るエレンの様子から、肖像画の人物を見知っていることは伝わったのだろう。

貴婦人は手を合わせて、はしゃいだ声を上げた。

「ああ、やっぱり。主人のお客さまね。訪ねてきてくれてうれしいわ」

その声がやけに遠くで話しているように聞こえる。

光と影が美しく表現された肖像画を眺めながら、エレンの心はゆっくりと、よく知る憂鬱に落ちていた。

エレンの人生の大半に、その背後に、足下の陰に潜んでいたもの。どんなに楽しいことをしている瞬間も、振り向けば、そこにいてエレンを捕らえようとしているもの。

――また、追いつかれてしまったのだ。

エレンを蝕《むしば》む憂鬱に。子どものころから体にも精神にもこびりついて離れない絶望の病に。

(ああ……やっぱり……わたしは本当の妻じゃなかった……)

そう知って、悲しくなるというより、妙に腑に落ちた。

はじめから、おかしいと思っていたのだ。

エレンの元々の身分でさえ公爵夫人になるには身分違いすぎる。その上、エレンは娼館から買い取られたのだ。

あの娼館では、たまに花嫁を買いに来る客がいると言っていた。

――『仮面をつけてくるような貴族はみんな訳ありだ。気をつけな』

またしても娼館のロクサーヌの言葉が自然と耳によみがえる。

あのときは不吉な予言めいた言葉が怖かった。エレンにつきまとう影と同じもののように感じて、怯えていた。

仮面の紳士に買われていくことがどういう意味なのか。

自分のしあわせのはじまりなのか、不幸のはじまりなのか。

その兆《きざ》しの結末がエレンにはまるで想像できなくて、ロクサーヌの言葉に振り回されてもいた。

（ああ、でもやっぱり……彼女の言葉は正しかった……）

ラグナートの肖像画と向き合いながら、このところ舞い上がって失っていた元の自分が急激に戻ってくるのを感じる。

貴婦人もすぐ隣で熱っぽい視線で『自分の主人』の絵を眺めており、その純粋な微笑みから、彼女のしあわせを感じとっていた。

（わたしのところにいない日の何日かは、ラグナートはこの人のところにいたのね……）

仕事でいないという言葉を、エレンはまったく疑っていなかった。

ラムゼイ公爵の妻という立場を訝《いぶか》しく思いながらも、ラグナートのことを信じ切っていたなんて。

このところの自分はなんて歪《いびつ》だったんだろう。

その歪さに気づかないまま、自分の置かれた状況の奇妙さに目を瞑《つぶ》ったまま、しあわせになれるようにさえ、思いはじめていた。

「……馬鹿みたい」

音になるかならないかの、掠れた声を吐き出す。

「え？　なにかおっしゃいました？」

呟きを問い返されて、エレンはただ静かに微笑む。

それは迷いを振り切ったあとの、あきらめの境地にも似た静かさが漂う微笑みだった。

「ご主人がいないのはわかりました。ありがとうございます、奥さま。出直して参ります」

エレンはそう言うと、淑女の礼をして、踵《きびす》を返した。

ロングギャラリーから廊下を通り、玄関から外に出たところまでは覚えている。

でも、城の扉を閉めて、庭の緩やかな階段を下り始めたところから、美しい庭が滲《にじ》んで、よく見えなくなった。

まるで紙でできた箱のように、心をぐしゃりと握りつぶされた気分だった。

綺麗な青空を描いていた絵を、泥と灰が入り混じった色で、突然、塗りつぶされたとしたら、きっとこんな気持ちになるのだろう。

悔しくて悲しくて。

それでいて分相応だと、浮かれていた自分を嘲笑《あざわら》う声も聞こえる。

ずっと自分にはありえないしあわせを畏れて、これはいつか終わる夢だと言い聞かせて来たはずなのに、いざその終わりが見えたとなると、言いしれない悲しさが襲ってきた。

「こんなことになるなら、娼館にいたままのほうがよかった……」

絶望して、家族とも友だちとも切り離されて、しあわせなんて二度と縁はないと、心を凍りつかせていたほうがよほど楽だった。

希望を与えられたあとで取り上げられるほうが、絶望に慣れた身には辛い。

——光なんて知らなければよかった。

光を知らない深海魚のように、突然、大量の光を与えられても、生きていけない。

エレンはぼやけた視界と戦いながらも、どうにか庭を通り抜け、自分が暮らす屋敷へと戻ってきた。

そこからどこをどう通ってきたのか。

涙が涸《か》れ果てたころには、どこかしら見慣れた廊下へと辿り着いて、そこで使用人を見つけることができた。

漆黒のフロックコートを纏った姿に、嫌な予感はしたものの、疲れ切っていたエレンは、早く部屋に帰りたかった。

たとえ、ここが仮初めの住み処に過ぎなくても、ともかくいまだけは、ふかふかのベッドに倒れこみたかったのだ。

「部屋への道がわからなくなったのですか……?」

声をかけた相手は、エレンが予想したとおり、ミスター・バレルだった。

壮年の執事は、エレンの腫れぼったくなった目蓋や、疲れ切った様子を屋敷のなかで迷子になったせいだと思ったらしい。

それを都合よく利用することもできた。

なにも見なかった振りをして、いままでと同じ生活を続けていればいい。

そう囁く声もした。

でも、拗くれたエレンの心が、ラグナートと一緒に娼館に来ていた壮年の執事を、遠回しにでも非難せずにいられなかったのだ。

「知らないお庭に出て……知らないお城に迷いこんでいたの」

自分でも驚くほど、低い声が出た。

まるでこれから怪談でも話すみたいだ。

あるいは、悲劇を演出する機械仕掛けの神《デウス・エクス・マキナ》のごとき老婆の声か。

エレン自身を破滅させる言葉だとわかっている。

それでも、知っているのだと匂わせずにはいられなかった。

自分が買われた花嫁だと知るミスター・バレルにこそ、この言葉をぶつけて、自分が現実を直視するよすがにしたかったのだ。

「……そうですか」

使用人の鑑《かがみ》と言うべきか。ミスター・バレルは短い返事をしただけで、エレンをいつもの部屋までつれ帰ってくれる間、一切の追求をしなかった。

けれども、部屋まで戻ってきて大きな扉の、目の高さにあるドアノブに手をかけるとき、

「奥さま、どうかこの屋敷の裏手にある庭には、二度と足を踏み入れませんようにお願いいたします」

エレンを振り返りもせずにそう言った。

まるでそれがこの扉を開けて、安寧の眠りを貪られる寝室を使用するための条件だといわんばかりだ。

エレンはイエスともノーとも応えずに沈黙する。

でも、執事はその沈黙こそ望む答えだったと言わんばかりに扉を開き、長い間エレンの姿が見えないので、途方に暮れていたセシリアへとエレンを引き渡したのだった。

# 第七章　エレンの憂鬱とラグナートの執着と

エレンのささやかな冒険は、最悪の結末で終わった。

ミスター・バレル以外の誰かだったら、まだよかったのだ。

でも、彼はラグナートが仮面の紳士となって娼館にエレンを買いに来たことも知っている。

ラグナートが不在だから、帰宅するまではエレンの処遇を決められないにしても、忠実な彼は、エレンの行動を必ず報告するだろう。

そうなれば、ラグナートとの仮初めの新婚生活は破綻するに違いない。エレンは毎日のように、そう思いながら暮らす羽目に陥っていた。

浴室で侍女の手を借りて湯浴みをし、ふかふかのベッドで眠るのは、エレンに残された最後の贅沢だ。

それでも、疲れ切った体をリネンのシーツに横たえて、羽毛の上掛けに身を包まれた途端、エレンの心は悪夢のなかに墜ちていた。

まるで聖女のごとく美しく無邪気な貴婦人と、誰にも知られない秘密の庭が、エレンにとって不吉な象徴のように夢の霧のなかから現れ、エレンを誘う夢だ。

（ああ……ミスター・バレルに言われるまでもないわ……あんな庭と城のことは知らなければよかった……）

あの古めかしい城。

あれこそが代々続いてきたラムゼイ公爵家の城に違いなかった。

敷地のなかがどのようになっているのか、エレンには知りようもない。

けれども、あの城を見たあとでは、自分が暮らす屋敷こそが別宅にすぎないことは疑いようもなかった。

（じゃあなぜ、結婚証明書をわざわざ作るような小芝居をしたの？　そんなにわたしを騙《だま》して愉しかった？）

いまはいないラグナートに向かって詰るような言葉を投げつける。

領地内のレジストリーオフィスだ。

領主から命令されれば、嘘の結婚でも本物の証明書を出したに違いない。

本物の透かしが入った紙に、本物の公証人が打ったタイプライターの文字だ。どんなに文面を確認したところで、エレンが真偽を見極めるのは不可能だったはずだ。

自分は買われた花嫁として、この屋敷にやってきたのであって、本妻じゃないと憤る権利などないとわかっている。

それでも、都合のいいときだけ、友だちだったじゃないと叫ぶエレンもいて、ラグナートのことを酷いと思うのだ。

それは、買われた女の心情ではない。

友だちとしてラグナートに甘えていなければ、騙されたことを非難する言葉など出てくるはずがないからだ。

(ラグナート……どうして……)

考えれば考えるほど、胸の奥が苦しくなってくる。

自分の浅はかな好奇心が身の破滅を招いたのかと思うと、それもまた身が灼かれるような心地がした。

後悔なのか、自分の浅はかさを直視する痛みなのか。

せめて、こんな夜こそ、ラグナートの腕が抱きしめてくれて、すべてを忘れさせてくれればいいのにとすら思う。

本当は彼の妻ではなくて、結婚証明書はエレンを騙すための小道具に過ぎなくて、エレンは彼の欲望を満たすだけの存在でしかないにしても、彼の腕のなかでは、しあわせな夢を見ていられたからだ。

（せめて、ラグナートからいらないと言われるまでは、なにも知らないままであのやさしい腕のなかにいたかったのに……）

楽園に住んでいた蛇に騙され、善悪を知る林檎《りんご》を口にしてしまったイヴは、こんな気持ちだったのだろうか。

無知なまま、純粋なままでいられれば知らないはずの苦しみを、自分の好奇心が招きよせるなんて。

（ラグナートが帰ってきたら、どんな顔をして迎えればいいの……）

エレンは憂鬱に沈んだまま、その数日を過ごした。

こういうとき、自分が働かなくても食事がもらえて世話をしてくれる人がいるというのはよくない。

この屋敷に来てから、エレンが特になにかしていたことはないが、それでも部屋に引きこもりっきりになったのは、これが初めてだ。

庭を散歩する気にもなれなかった。

部屋の前の庭を散歩しても、もうひとつの――谷間の庭を思い出してしまいそうだからだ。

（もしラグナートが帰ってきたら、わたしはどうなるのかしら……この屋敷を追い出される？

離婚される?)

いま、エレンの身は限りなく不安定だった。

実家とは娼館に売られたときに縁が切れている。

エレンがラムゼイ公爵家に引き取られたことも知らないだろう。

大学に戻れるわけもないし、そもそも身元を保証してくれる人もいない。

娼館にしても、借金が清算されたいまとなっては関係がなかった。

(それともまたあそこに売られてしまうのかも……)

どこかに追いやられるのでなくて、ただこの屋敷を追い出されたら、どうしよう。

エレンは地図にない空白の地を彷徨《さまよ》う自分を想像した。

人家《じんか》の形跡はなにもない、ヒースの丘をただひたすら徒歩で歩いたときのような虚しさが襲ってきて、心までもが空虚になる。

こう言う時間は最悪だ。

自分になにもないことを思い知らされてしまう。

(それとも、泣いてラグナートに縋りつけばいいの?)

正式な妻でなくてもいいから、この屋敷の片隅に置いてくれと、友だちとしての彼に訴えたら、少しは情けをかけてくれるだろうか。

それはもっとも現実的な方法だった。

この屋敷にもラグナートにもそれだけの余裕があるはずだ。

なのに、あの貴婦人のことを思い出すと、胸の奥がきしりと痛んで、いますぐこの屋敷からいなくなりたい衝動に駆られる。

しあわせそうな微笑みを浮かべて、少女のように、ラグナートの肖像を眺めていた貴婦人。

その言葉には自分の夫を疑う素振りは欠片もなかった。

ただ純粋にラグナートを慕い、帰りを待つ妻の姿は、エレンとは大違いだ。

彼女はエレンのように捨てられる心配をしないのだと、その微笑みが告げていた。

彼女が体現するしあわせがエレンを照らした途端、エレン自身は影の国に飲みこまれてしまったのだ。

ラグナートが帰って来るまでの数日を、エレンは打ちひしがれたまま過ごした。

エレンがこの屋敷に来るときに着てきた服は、もう処分されてしまったらしく、部屋にはなかった。

持ってきた小さなトランクに入っているのは、洗い古した下着と日記、それに一冊の本だけ。

自分を守ってくれる家族がいないことが、こんなにも寄る辺ないものだとは思わなかった。

エレンをいまの境遇に追いやった家族さえ、家族でいてくれたときには見えない支えだったのだと、いまならわかる。

トランクから小説を取り出して、ぱらぱらと頁をめくれば、ラグナートと図書館で語らったときの穏やかな時間がよみがえる。

記憶のなかの彼は、いつもひとりで、光の差さない棚の影に佇んでいた。

やわらかな笑みを浮かべて、言葉数は少ない。

そんな寡黙な彼がエレンは好きだった。

その時間を愛していた。

もうあの時間は失われてしまったあとだからこそ、どれだけ自分が彼から贈り物を与えられていたのかに気づかされる。

「ラグナート……」

あのとき、彼がもっと大切なのだと気づいていたら、違う結末もあったのだろうか。

自分の唇に指先を当てて、ラグナートの口付けを思い出そうとした。

妄想のなかのラグナートが、図書室の片隅で雑談をしながら、エレンにキスをする。

それは甘やかで、恍惚とさせられて、虚しいエレンの心をわずかの間だけ慰めてくれる。

でももう、そのキスは妄想のなかにしか存在しないのかと思うと、次から次へと涙がこみ上げてくるのだった。

†　†　†

ラグナートが帰ってきたのは、エレンが悲嘆に暮れて閉じこもるようになってから、一週間が過ぎてからだった。

思っていたより早くもなければ、耐えられないほど長くもない。

どちらかと言えば、あっけなくその日はやってきた。

「旦那さま、お帰りなさいませ」

遠くからそんな声が聞こえてきて、エレンははっとソファから立ちあがる。

慌ただしい外の空気を引き連れて、ラグナートが部屋に入ってきた。

珍しく、白いシャルワーニーではなく、英国風の黒いフロックコート姿だ。

(まさかまた仮面をつけて娼館に行っていた……とか……？)

いつもと違う姿も新鮮で素敵だと思う一方で、どうしても娼館での出来事を生々しく思い出してしまう。

体の奥がずくりと疼いて、まだ午前中の日の高いうちだというのに、肌と肌を重ね合わせたい欲望がじわりと湧き起こるのを感じた。

それは決して嫌な記憶ではない。

仮面の紳士がラグナートだと知り、そのあとも何度も抱かれたせいで、いつのまにか、娼館での思い出から苦いものが消えていた。

彼から嗜虐的に振る舞われたことは、ラグナートとの甘やかなまぐわいの記憶と入り混じって、夫婦生活のちょっとした変化、ちょっとした刺激のひとつとして、エレンのなかに収まってしまったかのようだった。

いまラグナートがエレンを求めてきて、寝室ではなく、居間のソファで抱き合おうとしたとしても、エレンは受け入れただろう。

むしろ、それこそエレンの望んでいることだったからだ。

エレンが彼の秘密を知ったいまだからこそ、激しくエレンを求めているのではと錯覚させてくれるようなキスをしてほしかった。

なのに、自分から態度に表してキスを求めることなんてできなくて、彼がどんな反応をするのかを待ってしまう。

まるで、失敗を咎められて勤めを解雇される使用人のように、お腹のところで手を組み、屋敷の主人の最後通牒《つうちょう》を待った。

すぐ追い出されるのだとしても、手持ちの荷物は小さなトランクひとつだけの身軽な身だ。

ちらりとエレンを見たときの視線で、彼がエレンのしたことを知っているのがわかった。

（やっぱり……ミスター・バレルから連絡が行ったのね）

忠実な執事ならそうするだろうと思っていたが、心のどこかで、あるいはと期待をかけていた。

なにもかも終わるのだと思うと、高い天井を持つ広い部屋が、まるで長年親しんだ場所のように名残惜しく思えてくる。

ラグナートはいつになく忙《せわ》しない様子で、使用人にも執事にも指示を出し、その言葉を受けた侍女が体を屈めるお辞儀をして、急ぎ足で部屋を横切った。

お仕着せのエプロンドレスが翻った途端、風を起こし、エレンまでも連れ去っていくようにさがっていく。

「エレン？　聞いていたのか？」

「え、ええ？」

エレンは聞いているつもりだった。

彼から別れの言葉を切り出されるのを、いまかいまかと覚悟していたのだから。

しかし実際には、エレンの心は空想の世界を彷徨《さまよ》っていたらしい。

自分の言葉がまるで届いてないとわかったラグナートは、長い腕をすっとエレンの顎に伸ばして、顔を上げさせる。

どきん、と胸がときめくのを感じるより早く、ラグナートの額がエレンの額に押しつけられる。

「特に熱があるわけではなさそうだな……具合でも悪いのか？　それとも、いつもみたいにただぼーっとしているだけか？」

語尾のところは幾分、笑いを含んだやさしい口調だった。

大学の図書室で会ったときに、視線が合い、親しい者同士で交わし合うような、ちょっとしたからかい混じりの言葉だ。

（もしかして……ラグナートは聞いてない……の？）

さっきの思わせぶりな視線はなんだったのだろうか。

「別にわたし……いつもぼーっとなんてしていないわ……」

思わず唇を尖らせて、子どもが拗ねたときのような声を出してしまった。

まるでラグナートに甘えているみたいだ。

「そうだったか？　いま僕が言った言葉はまるで聞いていなかったようだが」

ちくりと嫌みを返されて、うっと言葉に詰まる。

そんなやりとりをしているうちに、ラグナートの指示を受けた使用人たちがまた戻ってきて、

「奥さま、こちらへどうぞ。ドレスの用意ができましたので」

とエレンに声をかけた。

「ドレス？　どういうこと？」

状況がつかめないエレンは使用人とラグナートの顔を交互に眺めた。

「ほら、やっぱり聞いてなかったじゃないか。急で悪いが、パーティに出向くことになった。君もすぐに着替えるんだ」

額を小突かれ、呆れ声で言われてしまった。

貴族の社会では、結婚している貴族はどこにでも妻を連れて、出かけていく。ましてや、パーティの場は男女同伴が基本だ。もしどうしても相手が見つからない場合でも、親戚の異性をエスコートしていくのが慣《なら》わしだ。

エレンは使用人に急かされながら、化粧台のある別室へと連れられていった。

（どうして？　あの貴婦人がいるのに、なぜわたしを妻だと紹介するの？）

頭のなかではいくらでもラグナートを問い詰める言葉が出てくるのに、実際に彼の顔を目の当たりにすると、言葉が霧散してしまう。

急いで着替えさせられたとは思えないほど艶やかなドレスを着せられ、髪飾りやイヤリング、首飾りにブレスレットと、輝く宝石も身につけられて、エレンはとまどいを残したまま、馬車に乗せられてしまった。

馬車のなかこそ、ラグナートに訊ねる絶好の機会だ。そうも思ったのに、それすらできなかった。彼が疲れた顔で微睡んでいるせいで、起こすのが忍びなかったのだ。

目を閉じたラグナートの横顔は、すっと伸びた鼻筋も高い頬骨も、まるで彫刻のように整っている。

髪と同じ漆黒の睫毛は驚くほど長い。

無防備に眠る姿を見ているうちに、エレンの手は彼のやわらかい黒髪に触れていた。

(ラグナートは……どうして娼館に花嫁を買いに来たの?)

エレンのなかに巡り巡って、もう一度、その根源的とも言える疑問が湧き起こる。

ずっと聞きたくて、聞けなかった言葉。

結局、問題はそれなのだ。

しあわせに溺れて見ない振りをしていたのを、あの貴婦人がもう一度思い出させてくれただけで。

こうして身を寄せているときに、隣で眠ってしまうくらいには、ラグナートはエレンに心を許しているのだろう。

それがわかるだけに、エレンも誤解しそうになってしまった。

――本当に自分はラグナートの妻なのかもしれないと。

馬車に揺られて、並木道を抜けていった先には、街があった。

貴族の屋敷と思《おぼ》しき建物がいくつも連なっており、街の別宅が建ち並ぶ一角だとわかる。

そのうちのひとつに近づくと、アプローチの前で馬車が止まった。

都会の屋敷らしく、エントランスを入ってすぐのところに、大広間への扉が開いている。

領地屋敷の古めかしい作りだと、門をくぐっても延々と馬車が丘を登り、階段を上って玄関をくぐり抜けたあとも長い廊下を歩かされることがあるが、都会の屋敷はこういうところが簡単でいい。

いったいこのパーティの主催者――ホストは誰で、どういう集まりなのだろうとエレンはあたりをうかがった。すると、群衆のなかのひとりが、はっとエレンたちに気づいた様子で、人波を掻き分けて近づいてきた。

「ラグナート！　エレンも……来てくれてうれしいよ。ありがとう」

先日会ったばかりのジェームズだった。

「この間は失礼をしたから……もう一度会いたいと思っていたんだ」

ジェームズは人懐こい笑みを浮かべて、ラグナートに握手を求める。

彼のこういうところは敵《かな》わないと思う。

エレンが思うに、大学の上流階級の子弟は主に二種類に分かれていた。

自分たちは特権階級の人間なのだと、親の地位を鼻にかけて、学友を親の階級通りのカーストに巻きこもうとするものがひとつ。

もう一方は、恵まれた育ちをしたがゆえに、卑屈さや劣等感を持たず、誰に対してもまっすぐに向き合える人たちだ。

ジェームズは明らかに後者の人間で、劣等感に塗れたエレンからすると、その存在は眩しいばかりだった。

「大学のOBが主催の集まりで断れなくて……しかも、ラグナートはほら有名人だろう。友人だと知られたら、招待しろと迫られて断れなくて……」

ジェームズは申し訳なさそうな顔をしているが、その表情はラグナートに会えて明らかによろこんでいた。

先日のエレンと同じだ。

大学にもささやかな社交界はあったが、外の世界のそれと比べると、おままごとみたいなものだ。

もっと複雑な特権意識が渦巻くなかで学友に会えると、ほっとするのだろう。

「エレン、ラグナートとの新婚生活はどう？　ふたりは大学にいたときから格別に仲がよかったから、やっぱりという感じだけど……どうりで誘ってもいつも脈がなかったわけだよなぁ」

ジェームズはラグナートとエレンをまじまじと眺めて、エレンがとまどうようなことを言う。

「脈がなかったって……そんな……」

そもそも、ラグナートもジェームズも、エレンにしてみれば、雲の上の人なのだ。

話しかけてくれ、親切にしてくれるだけでもありがたかったのに、それ以上なにを望めたというのか。

（それにわたしは……ラグナートにとっても、正式な妻というわけではなくて……）

ふうっ、と朝まで沈んでいた憂鬱がエレンのなかに浮かび上がってきた。

ラグナートが帰ってきたらエレンは屋敷を追い出され、行くところがなくなるのではと怯えていたのだ。

結局、ラグナートがエレンの所業を知っているのかどうか聞くことができないまま、パーティに来てしまったが、自分の立場の不安定さに変わりはない。

（そうだわ……ジェームズに頼んで、どこか家庭教師の口でも紹介してもらえないかしら？）

それはここ数日、憂鬱に沈んでいる間に思い浮かんだなかでは、一番いい考えのように思えた。

しかし、ラグナートと一緒にいたら、ジェームズにお伺いを立てることはできないではないか。

どうしようか。誰かラグナートに話しかけて、エレンから彼を引き離してくれないだろうか。

そんなふうに考えて、雑談に興じる盛装の人々に視線を向けたときだ。

エレンはそこに、ありえない人を見つけてしまった。

ラムゼイ公爵家の城にいた貴婦人が、人波に紛れていたのだ。

「……嘘……ま、さか……」

驚愕《きょうがく》するあまり、声が掠れてうまく出てこない。

その上、ラグナートに捨てられたときの算段をしようとしていたのも忘れて、縋りつくように、彼のフロックコートの裾を掴んでしまった。

まるで、彼をとられたくないと言わんばかりの行動だ。自分がこんなことをするなんて思いもしなかったくらい、震える指先はコートの裾をしっかりと掴んでいる。

エレンが視線を向けたせいだろうか。彼女のほうでもエレンに気づいたようだ。

弾かれたように顔を上げて、よろこびのあまり、ぴょん、と跳びはねたように見えた。

白いドレスのドレープを抓んだ貴婦人は、会えてうれしいと全身で表しながら、こちらに駆けてくる。

「ラグナート！　こちらに来るなら来るって言ってくれればいいのに！　わたし、テオドールと来たのよ？」

貴婦人はいきなりラグナートに抱きつくと、もぅっ、と頬を膨らませて、親しいものにだけ見せる我儘《わがまま》を振りまいた。

「モーリン……どうしてここに……」

ラグナートは貴婦人を抱きとめながら茫然としたように呟く。

それもそうだろう。

自分の妻と娼館で買ってきた花嫁と。

まさかこんなパーティの場で鉢合わせするとは夢にも思わなかったのだろう。

軽やかに駆けてきた貴婦人を追いかけるように現れたのは、誰あろう。オーガン伯爵その人だった。

申し訳なさそうな顔をしているところを見ると、親戚筋だという彼が貴婦人とエレンを鉢合わせさせた張本人なのだろう。

（じゃあ、先日の舞踏会で、ラグナートとわたしが結婚しているのを知って残念がって見せたのは演技だったの？）

ラグナートと示し合わせてエレンを騙すなんて、なんて手のこんだ芝居なのか。

そこまでしなくても、エレンは簡単に騙されていた。ただ、心がしあわせを疑ってしまう性質だっただけだ。

エレンが困惑する間も、モーリンと呼ばれた貴婦人は次の我が儘《まま》を口にする。

「なんでいつもの白いシャルワーニーじゃないの？　フロックコートより私はシャルワーニーのほうが好きなのに」

甘えた声は自分の我が儘は決して撥《は》ねつけられないとわかっているがゆえだ。

（わたしは……フロックコートの彼も好きだけど……）

白いシャルワーニーを着たラグナートも漆黒のフロックコートもどちらもよく似合っている。

背が高く、体格がいいから、どんな服でも素敵に着こなせてしまうのだ。

でも、エレンはそれを言葉にすることはできなかった。

ラグナートを引き止めようとしていたエレンの手は、彼女が抱きついた衝撃でフロックコートの裾から離れてしまっていた。

それこそが、エレンより彼女のほうが正当な妻だと指し示しているかのように。

「やっぱり……わたしじゃダメなのよね……」

体中の力が抜ける。

何度も何度も自分に言い聞かせていたことなのに、こんな華やかな場で目の当たりにさせられると、なおさら自分が惨めだった。

まるで道化師のようだ。

（わかっていたはずなのに――なぜこんなに悲しいのかしら……）

ふぃっと顔を背けただけじゃなくて、エレンは身を翻して、この場から逃げ出していた。

どこか、逃げ出す場所を決めていてのことじゃない。

とこかくラグナートと貴婦人を見ていたくなかったのだ。

人の集まるところを避けて、急ぎ足で通り抜けるうちに、バルコニーから庭に下りていた。

庭にも連れ立って歩くカップルがいたが、植えこみに隠れたベンチに座ると、人目を避けられる。

ひとりになれたと思った瞬間、どっと涙が溢れてきた。

（なんて……お似合いのふたりなの……わたしなんて比べものにならないくらいに……）

「ひどい……ラグナート……ひどいわ……」

目の前で非難できればまだよかったのに、モーリンと呼ばれていた貴婦人の、しあわせな微笑みの前では無理だった。

打ちのめされてしまったのだ。

不安と期待の振り子が大きく揺れたあとでは、希望が眩しく見えた分だけ、突き落とされた衝撃が凄《すさ》まじい。

（わたし……いつのまにこんなにラグナートがいないと生きていけない体になってしまったの？）

自分はこんなに弱かっただろうかと、震える体を自分で抱きしめて耐えようとする。

ずっとずっと、そうやって生きてきたはずなのに、いつのまにかラグナートから与えられるしあわせに慣らされてしまっていたのだろう。

抱きしめてくれる腕がないことが淋しくて、低く甘やかな声がもう自分だけのものじゃないという現実が鋭い痛みになって襲ってくる。

「ふっ、う……うぅ……」

堪《たま》らずに嗚咽《おえつ》が零れてしまっていた。

自分でも気づかないうちに、ここにいると訴えていた。その声を聞きつけたのだろう。

「エレン……どうかしたのか？　なぜ、僕から逃げだそうとしたんだ？　まさかやっぱりジェームズから誘われて……」

唐突に植えこみからラグナートが現れて、エレンの体がびくんと震えた。

泣き顔を見られたくなかったのにと、こんなときなのに、自分を取り繕おうとする考えが頭をよぎる。

「……エレン？」

ふぃっと顔を背けたのに、思いがけずやさしい声で名前を呼ばれてしまった。この声はずるい。

冷ややかな声で詰《なじ》ってくれたほうが、エレンの心も冷たく凍らせやすいのに。

そんな拗くれたエレンの性格を彼はよくわかっているのだろう。

ラグナートは座るエレンの前に膝を突いて、下から見上げるようにして、エレンの顔をのぞきこんだ。

「ちょっ……なにをして……ラグナート……！」

体格がいいラグナートはすっと立っているだけで、まるで王者のような風格がある。

そんな彼に跪《ひざまず》かれるなんてエレンは想像もしたことがなくて、上擦った声を上げてしまった。

動揺するエレンをよそに、ラグナートはエレンの手袋をした手を取って、その甲に、次に手のひらにキスをした。

ちゅっ、ちゅっ、と啄むようなキスの音がやけに甘やかに響く。

「エレンは本当に……どうしたら、僕から逃げないようになるんだ？　君はもうとっくに僕のものになったと思ったのに……こうやって跪いて懇願してもダメか？」

整った顔でエレンを見上げ、手のひらに息がかかるように囁いて、また、手の甲にキスをする。

手のひらのキスは相手への懇願を指し示す。

こんな扱いを受けたことがないエレンは、まるで初心な生娘のように、顔を真っ赤にして固まってしまった。

嘘だ。エレンの心も体もすっかりラグナートに囚われている。

いまさらながら、エレンはその意味を理解した。

モーリンの存在を知って、なぜあんなにもショックを受けたのか。

ラグナートに裏切られたと思って、なぜあんなにも悲嘆にくれたのか。

——ラグナートのことが好きだからだ。

(ラグナートのことが好き……ただの友だちではなくて……)

困窮していた実家の生活では、好きになるような相手と知り合う余裕はなかった。

どうせお金と引き替えに嫁がされると思っていたし、そんな相手がまともだと思ったことはない。

自分の将来を考えたら、心を凍りつかせていて当然だった。大学に通っているときでさえ。

いま思えば、エレンの陰にいつも潜んでいたなにかはそれだとわかる。

不幸の先触れ。憂鬱を引き連れてくるもの。

それはエレンの心にこそ潜んでいる。

楽しいと思うことをあきらめ、うれしいと感じることを遠ざけて、好きだと揺れ動く感情を凍りつかせて。

いつもいつもラグナートは、エレンの心がふぅっと憂鬱に墜ちる瞬間を見計らったように、声をかけてきた。ずっとそう感じていた。

いまになってみれば、その意味がわかる。

ラグナートに惹かれていたからこそ、彼の声を無視できなかったのだ。

低い声で「エレン」と名前を呼ばれると、エレンの感情は揺れ動いてしまう。

それが怖くて、でも彼の声をもっと聞きたくて。

エレンの心は揺れていた。彼と会うときにはいつも。

（いつのまにか、こんなにもラグナートを好きになっていたなんて……）

自分が正式な妻になれないと打ちのめされたあとに気づくなんて、滑稽にもほどがある。

せめて、彼女の存在を知る前に気づいていたら、甘やかな夢に心ゆくまで浸れたのだろうか。

いつか醒める夢だと思わずに。

「な、なにを言っているか……わからないわ。ラグナート……わたし、知ってるんだから」

「知っているって……なにを？」

急にエレンの手を掴む彼の手に力がこめられたかのようだった。どきりとさせられる。甘やかな意味ではなく、心臓が縮み上がるほうの意味で。

でも、もう引き返せない。たとえ、ここですべてを失うにしても、追及せずにはいられなかった。

ラグナートのことが好きだと気づいてしまったからなおさら、裏切られたという気持ちを彼に突きつけずにはいられなかったのだ。

「わたしが暮らす部屋の前の庭は、ぐるりと建物を周回できない……オーガン伯爵家の庭を見て、ずっと不思議に思っていたの……お屋敷のなかで迷子になって、見たこともない庭に出たとき、ここなら、建物をぐるりと見て回れるんじゃないかって思って……」

秘密の香りがする谷間の庭がエレンを誘っていた。

まるでエレンを破滅させようと手ぐすねを引いて、待っていたかのようだ。

魔法がかかったように美しくて、魅惑的で、知りたいという欲望にエレンは勝てなかった。

「もうひとつのお城があったわ……そこにあの貴婦人がいて……ラグナートの肖像画を見せてくれた。『ほら見て、うちの主人よ』って……」

目を閉じれば、いまでもはっきりとあの肖像画を思い浮かべることができる。

褐色の肌や艶やかな黒髪、金糸の刺繍飾りのついたシャルワーニー。

その場にラグナートが現れたかと思うくらい、写実的な肖像画だ。

その絵のなかのラグナートも妖しいまでに魅力的な美丈夫だった。

モーリンがうっとりと見蕩れる気持ちがよくわかるくらいに。

もしエレンが彼女の立場だったとしても、同じくうっとりと見蕩れて、人が訪ねて来るたびに自慢してまわっていただろう。

それがよくわかるだけに、衝撃もまた大きかったのだ。

エレンとしては、半ばラグナートを非難しているつもりだった。なのに、はっと気づくと、エレンの視線の先にいるラグナートのほうがやけに傷ついた顔をしている。

「そうか。あの城に入ってしまったんだな……エレンに知られないようにと、ミスター・バレルに命じていたはずなのに」

その言葉を聞いて、エレンは自分の浅はかさを恥じた。

(ああ……わたしは自分の首を絞めてしまったのかもしれない……ミスター・バレルはラグナートに告げ口をしていなかったんだわ……)

そうとわかっていたら、エレンは見ない振りをすべきだったのかもしれない。

一方で、でも、でも——と心の奥底から湧き出る声をもう無視できなかった。

不安だったのだ。ラグナートの心がわからなくて、自分の心もわからなくて。

エレンの心は目に見える世界のすべてに疑念を抱いていた。

なにも信じることができないときに、夫の秘密を知るというのは、毒薬を飲んだに等しい。

ラグナートに真実を聞く勇気もないまま、体の内側を『疑惑』という毒に食い荒らされて、頭がおかしくなりそうだったのだ。

「ラグナートはどうして、娼館からわたしを買ったの？　本当は花嫁になってくれる人なら、誰でもよかったのでしょう？」

こんなに好きになって苦しむくらいなら、あのとき、娼館に残しておいてくれればよかったのに。

エレンのなかに渦巻く不安の一端は、いまもあの娼館にある。

ロクサーヌが言うところの『訳ありの客』として、仮面の紳士が現れた瞬間に。

「マダム・ピアジェの店で言われたわ……仮面をつけて素性を隠す客は訳ありだって」

その不吉な予言はずっとエレンの心に昏い影を落としていた。

本当はどちらなのだろうと思いながらも、買われた花嫁の立場では、その『訳』をラグナートに聞くことはできなかった。

でも、あの城と貴婦人を知ってからは、それが理由なのだろうと察してしまった。

彼女との間に子どもができないからなのか、あるいは、単に欲望を満たすだけの女が欲しかったただけなのか。

どちらにしても、正式な妻の立場ではありえない。

だから、エレンは憂鬱に沈んでいたのだ。

ラグナートに何度も抱かれてキスもされて、もしかしたら、本当は愛されているのではないかと思いはじめていただけに、ショックも大きかった。

「仮面をつけて素性を隠す客は訳ありか……まさしくそのとおりだな。しかし、どうしてと……それを君が聞くのか？」

ラグナートの顔からはさっきまでの傷ついた表情は拭い去られ、エレンを責める険しい顔に豹変する。

彼の口からどんな言い訳が出てくるのかと身構えていたエレンにしてみれば、予想外のことだった。

「ジェームズの言葉を聞いて、君は彼にも同じことをしていたのだと思った……僕が誘っても、君はすべて冗談にしてしまう。結婚を誘いかけたときもそうだ。君は考える素振りも見せずに、話自体を聞かなかったかのように振る舞った……何度も何度も」

「え……」

いったい彼はなにを言いだしたのだろう。

怒りも露わに立ちあがったラグナートは、エレンに覆い被さるようにして、ベンチの背に両手をついた。

彼の腕に囲いこまれる格好で、言葉を浴びせかけられる。

「なぜ、娼館から君を買ったか？　それを君から聞くとは思わなかった。それならなぜ、君は黙って大学からいなくなったんだ？　なぜ、実家が破綻しそうだと僕に一言でも相談しなかった？　少なくとも友だちだと思っていたなら……なにかしら助けてくれないかと相談してくれるものだと、ずっと待っていたのに！」

「友だちだと思っていたなら？　……ずっと待っていた？」

まさかそんな言葉を聞くとは思わなくて、エレンはオウム返しに同じ言葉を繰り返す。

頭のなかは激しい衝撃を受けて、真っ白になっていた。

「君が思っている以上に、君は学友たちの注目を浴びていた。なにせ、僕たちの学年でたったひとりの奨学生だ。大抵の貴族は自分たちの矜持《きょうじ》のために、奨学金をもらわない。もちろん、優秀じゃないからと言うのもあるが、裕福さを見せつけるために、だ」

もちろん、そうだ。学友たちの多くは金に困ってなかったが、あるいはそこまで裕福ではないにしても、見せかけだけはよく見せたがるものが多かった。

エレンのように、奨学金をもらえなければ大学に通うことはできないなんて学生は、そもそも、進学しようと考えないものだ。

その意味で、エレンは大学内で限りなく異端者だった。

「噂はときおり流れてきたし、コリッジ家の困窮がどれほどのものかは、簡単に知れた。君の父親がどういう人物かも、調べさせればすぐにわかったし、借金が破綻しそうなほど膨らんでるのも知っていた」

「……そう、だったの……」

エレンが必死に見ないようにしていたもの。

ラグナートとの友だち関係を穏やかに続けるために持ちこみたくなかったものは、とっくの昔に知られていたのだ。

いまさらながら、必死に実家の話題を避けていた自分が、浅はかだったと思い知る。

「君が僕の求婚を冗談だと受け流したとき、僕は君を手に入れようと思った。僕にはそれだけの力があるから……だから、金も権力も駆使してそうしたんだ」

彼曰《いわ》く、エレンの実家にはラグナートの息のかかった使用人がいて、エレンに縁談が入ったり、コリッジ家の財政が破綻しそうになったときには、知らせる手はずになっていたのだという。

「娼館の女将というのは抜け目がない……僕が『エレン・コリッジ』を手に入れたいと知られたら、簡単に債権を手放さないかもしれない。だから、ミスター・バレルと相談して、一芝居打ったんだ。君が娼館に来るより前に『花嫁となる娘を買いたいから、貴族の生娘が来たら知らせてほしい』と持ちかけた。そうすれば、君の貞操は守られると思って」

ラグナートの告白にエレンが目を大きく瞠っていると、ラグナートの手がエレンの顎に触れ、顔の輪郭を愛撫しながら、顔を近づけてきた。

「君はもう僕のものだ……かわいいエレン。君に逃げられないように、急いで結婚証明書まで作らせたというのに、君は僕の手からすぐ逃げようとするから……つい僕も意固地になってしまった……」

鼻先が触れたかと思うと、ラグナートの長い睫毛が俯せられる。

「ん……ふぅ……――」

覆い被さるような格好で、唇で唇を塞がれていた。

喉を開かせるように苦しいキスをされ、とくんと心臓が甘やかに跳ねる。

裏切られたとか、彼の言っていることが半分も理解できないとか、そんな事情は、キスひとつで簡単に吹き飛んでしまう。

信じたい。でも、裏切られるのが怖い。

それなら、初めから信じなければいい。

そう思っていた頑なな心が、たったひとつのキスに絆《ほだ》されていくのがわかる。

貪るように唇を啄《ついば》まれて、一度離れてはまた強く押しつけられてと、長い長いキスをされると、ラグナートはやっぱり少しは自分に執着してくれているのではないかと、心が揺れ動くのだった。

（このまま、このキスに流されてしまいたい……）

そう思う心を無理やり引き立てて、エレンはまだキスに蕩ける唇を必死に動かした。

「……んんっ、ラグナート待って……ごまかさないで。わたしはあの貴婦人のことを訊いていたのよ？　わかっているんでしょう？」

危なかった。このままなし崩しに話をすり替えられてしまうところだった。

聞きたいことはたくさんあるし、エレン自身にも非はあるのかもしれないが、そもそもラグナートを問《と》い質《ただ》しかった元凶はモーリンなのだ。

「そうだな……君が察したように、彼女こそ……ラムゼイ公爵家の『訳あり』だ……でも、エレン。君は多分、誤解している」

ラグナートの指先がまるで許しを請うようにエレンの頬を撫でた。

その指先のやさしさに、さっきまで悲しみに荒ぶっていた心が、ゆっくりと鎮められる。

「誤解？　どういうこと？」

罵るのでもなければ自分を守るためでもない、自然な問いが口を衝いて出た。

するとと、ラグナートはエレンの手を掴んでベンチから立ちあがらせる。

「君は……実家の窮状《きゅうじょう》を僕に隠していて、僕は彼女のことを秘密にしていたかった——僕たちは似たもの同士だな」

さっきまでの険しい表情が嘘のように、ラグナートは穏やかな顔をしている。

だからエレンはラグナートの手を振り払うことができなかった。

「おいで、エレン。モーリンを君に紹介しよう」

そう言われて、彼が歩き出したあとも——。

# 第八章　淫らな夜はキスからはじまる

ラグナートが使用人を捕まえて用意させたのは、家族用のドローイングルームだった。ふたりで休むためのものより広めの部屋は、大きめのソファにふかふかのクッションが並べられ、十人ほどがゆったりと過ごすことができる。

オーガン伯爵とモーリンが呼ばれたのはまだしも、ジェームズまでもが一緒に入ってきたのは驚いたが、それもラグナートの指図のようだった。

「エレンは学友に証人になってもらったほうが納得するようだから」

というのが、ジェームズを呼んだ理由なのだそうだ。

なんの証人なのかと訊ねる余裕はなかった。

オーガン伯爵にエスコートされてきたモーリンが、ラグナートを見つけたとたん、また駆け寄って彼に抱きついたからだ。

「ラグナート！　ひどいわ……テオドールに私を預けっきりで……かわいい新妻を放っておく

なんて罰が当たるんだから」

モーリンはほかに人がいることを気にする素振りはない。

ただただ素直にラグナートに甘えてみせる。

（こんなものをわたしに見せつけるために、みんなを集めたの？）

エレンだって、彼女のようにラグナートに甘えたいのに、自分の居場所を奪われ、むっとしてしまう。

モーリンは初めて城で会ったときのように、ふわふわと金髪を波打たせて、うっとりとした微笑みを浮かべている。

彼女にとって世界のすべてはラグナートで、その彼を手に入れているのだから、もうなにも怖くないと言わんばかりの無敵の微笑みだった。

一方で、ラグナートはまるで仮面をつけたかのように、冷ややかな顔をしていた。

ふたりのその温度差に気づいて、エレンはどきりとする。

しかも、事情をろくに知らないジェームズはともかく、モーリンを連れてきたオーガン伯爵が気まずそうにしているのも気になった。

（なに……？　部屋の空気がやけに重いような……）

とまどったエレンは、やはり傍観者として身の置きどころがなさそうにしているジェームズにソファに座るように手招きした。

エレンに対してもラグナートが冷ややかな顔を見せることはあったが、いま部屋を流れる空気は、なにか、エレンが想像していたものとは決定的に違っていた。

「オーガン伯爵、なぜモーリンをこんな場所に連れ出したんです？」

最初に詰問されたのは壮年の伯爵だった。

自分の妻をとられて嫉妬しているのではない。まるで、裁判で証人に尋問しているかのような、淡々とした口調だった。

「妻が……どうしても都合が悪くて……昔はよく彼女にパートナーになってもらっていたものだから、つい……」

気まずそうに弁解するオーガン伯爵を擁護するつもりなのだろう。モーリンがラグナートに抱きついていた手を解いて、オーガン伯爵を守るように間に立った。

「テオドールは悪くないわ。夏の終わりのパーティはいつも彼と参加していたんだもの。配偶者がいないとき、親戚にパートナーを頼むのは、よくあることなんだから」

「そんな話をしているんじゃない。オーガン伯爵、あなたはわかってますね？」

ここにきて、ラグナートははぁ、と大仰なため息を吐いて、モーリンではなく、あくまでオーガン伯爵への注意勧告だと強調した。

「すまなかった。でも、昔のように社交界に出てくれれば、彼女も思い出すんじゃないかと思ったんだ……」

「思い出す……？」

妙な引っかかりを覚えて、エレンは口を挟んでいた。

それをちょうどいい機会だと思ったのだろう。ラグナートはモーリンの肩を掴んで、無理やりエレンのほうへ向けると、こう告げたのだった。

「エレン、紹介が遅れてすまなかった。この人はモーリン・マリス・ラムゼイ。僕の母親だ」

「……え？」

エレンは背の高いラグナートとその前に立つと少女のような貴婦人とを交互に眺めた。

（母親……って嘘。そんな年には見えない……それに）

モーリンは確かにエレンに言ったのだ。

ラグナートの肖像画を指差して、『ほら見て、うちの主人よ』と。

まだ納得できないエレンとは違い、上流階級のジェームズには思い当たる節があったらしい。

「あっ、そうか……ラムゼイ公爵令嬢……！」

遠い昔の記憶をようやく思い出したと言わんばかりに、モーリンの顔をまじまじと眺めて、うなずいている。それでいて、

「でもなんで、ラグナートに向かって『かわいい新妻』だなんて言ったんだ?」

そう言って、そばかすが残る顔を不思議そうに傾げた。

当然の疑問だとエレンも思う。

彼女の振る舞いも言動も、ラグナートの配偶者としてのものだ。

それが母親だと紹介するのだから、どう考えてもおかしい。

エレンの疑問は、しかしすぐにモーリンによって遮られた。

「あなたたち、いったいなんの話をしてるの? ラグナートも私をからかっているんでしょう?」

モーリンは身を捩《よじ》り、肩に置かれたラグナートの手を振り払って、睨みつける。

怒りも露わにというわけではない。頬を膨らませた顔は、ごく親しいものに向ける、子どもが我が儘をいうときの顔だった。

どう見ても、新婚の新妻が夫に甘えているようにしか見えない。とまどうエレンとジェームズに対して、助け船を出したのはオーガン伯爵だった。

「モーリンのなかの時間は止まっているんだ。ラグナートと結婚した新婚のまま……」

思わず、『ラグナートと結婚』という言葉に身が強張る。

「母親と結婚したと言うこと……?」

エレンはおそるおそるラグナートとオーガン伯爵の顔を見比べた。

けれども、オーガン伯爵は手を振って、エレンの想像を一蹴する。

「そうじゃない。ラグナートというのは、ラグナートの父親……藩王だったラグナート一世のことだ」

「ラグナート一世……？」

まだエレンはよくわかっていなかった。なのに、隣に座るジェームズは伯爵の説明ですべての符牒《ふちょう》が揃ったと言わんばかりに、謎の答えが閃《ひらめ》いたとき独特の「ああ……」という呻き声を漏らしていた。

「モーリンの父親――先代のラムゼイ公爵はインド総督だった。そこでモーリンは藩王のひとりと恋に落ち、父親の反対を押し切って、結婚してしまった。その子どもがラグナートだ。いわば、二世だな。彼の国ではよく父親と同じ名前を息子につけるものらしい」

その話はぼんやりとエレンも知っている。

ラムゼイ公爵令嬢の恋は、当時、それだけ有名だったからだ。

「確か、先代のラムゼイ公爵には嫡子《ちゃくし》がいなくて、ご令嬢が女相続人になったのですよね？」

「そのとおりだ。そして、その相続権は、生まれた子どもが男子だったから、当然のように受け継がれた。そして、男子に相続権が渡るのは、藩王国も同じ……つまりふたつの称号を一身に集めることになった」

オーガン伯爵自身、その言葉の意味を噛《か》みしめているのだろう。

彼はラグナートに抱きつくモーリンを見て、苦い微笑みを浮かべた。

「ラグナートの……彼の複雑な生い立ちの一端だな……」

伯爵はそこで言葉を切り、ラグナートを憐《あわ》れむような視線を向けた。

「ラグナート一世は自身がイギリスに留学したこともあったから、インドの領地は使用人に運営させ、このラムゼイ公爵家の屋敷で暮らしていた。本物のマハーラージャだ。社交界では彼はいつも注目の的だったたし、モーリンは彼に夢中だった。どこに行くにもふたり一緒で、本当に仲がいい夫婦だった……でも」

オーガン伯爵の熱の入った話しぶりに、エレンは引きこまれていた。

ラグナートが纏うシャルワーニーもそうだが、当時の社交界では異国趣味が流行っていて、マハーラージャというのは仮面舞踏会で必ず誰かが扮《ふん》する人気の仮装でもあった。

そこに本物の藩王――マハーラージャが現れたら、この国の紳士淑女がどんなに熱狂したことか。しかも、ラグナートのように、妖艶な美丈夫ならなおさらだ。

エレンの目蓋の奥に豪奢なシャンデリアとその下で仲睦じくダンスするモーリンとラグナート一世の姿が思い浮かんだ。

想像のなかのラグナート一世は当然のように、ラグナートにそっくりな姿をしていて……。

そこでエレンははっと気づいた。

（まさか……モーリンがうっとりと眺めていたあの肖像画は……）

「もしかして、ラグナートと、そのお父さまは……」

ちらりとエレンはモーリンを見た。彼女はエレンたちの会話を聞いているのかどうか。

退屈そうな顔でラグナートと腕を組んだりして、暇を弄んでいる。

「ふたりは瓜二《うりふた》つだった。いまラグナートを目の前にしていても、まるで彼と話しているかのようだ……顔や背格好はもちろん、声や雰囲気まで……親子とはこうも似るものかと思うほどだ。特に白いシャルワーニーを着た姿は……本当によく似ている……」

オーガン伯爵は懐かしいものを見るように目を細めた。

ああ……とエレンは嘆息せずにいられなかった。

「では、あのロングギャラリーの肖像画は……」

「父だ。母がどうしてもと言ってお気に入りの場所で描かせた。実際、彼にそっくりだよ……いまとなっては自分の鏡を見るようだが」

どこか自嘲気味にラグナートが話す。

「その父が海難事故で亡くなったときから、ラムゼイ公爵家の歯車は狂いはじめたんだ」

ラグナートのその声には、エレンが憂鬱に沈むときのような、昏くて重苦しくて、どんなに拭い去ろうとしても縫いきれない陰が張りついているかのようだった。

「父を追うようにして祖父の訃報《ふほう》が届き、母は愛する身内を一気に失ってしまった。祖母はとうの昔にいなくなっていたし、彼女に兄弟姉妹はいない。しかも、傷心の彼女に、次から次へと舞いこむ再婚話にも参ってしまっていた。彼女が相続する公爵家の位や莫大な財産を狙って、連日のように人が押しかけ、彼女の人生を否定した。

――『だから、植民地の藩王となんて結婚するものじゃない』

――『今度こそ、公爵家にふさわしいこの国の人間と結婚すべきだ』

そんな話を繰り返し繰り返し聞かされるうちに、彼女の心はゆっくりと壊れてしまった……そしてある日、僕が屋敷に帰ってくるなりこう言ったんだ。

『おかえりなさい、ラグナート！　新妻をずっと放っておくなんて、酷い人ね！』と」

それからの彼女の話は、想像するまでもなかった。

モーリンはラグナートを父親と誤解したまま、彼に甘えてくるようになったのだと。

「医者に診せても心の病は簡単には治せないと言われ、どうすることもできなかった。彼女の精神は僕が生まれる前に戻っていて、僕を父だと思いこんでいた。あの城にいる間、僕はずっと父親のように振る舞わなくてはならない……」

モーリンといるときの癖なのだろう。

彼女が不安そうに彼を振り返ると、安心させるように微笑んだ。

「僕はそこから逃れるように、寄宿学校の寮に入ることにした。父の振りをして藩王国に滞在すると偽って、母を城に閉じこめたんだ」

ラグナートの目鼻立ちのはっきりした相貌に、濃い陰が落ちる。

父親を失った痛みが、モーリンだけでなく彼の心までもずたずたに引き裂いたのだろう。

エレンはようやく、ずっと自分が彼のなかに見ていたものの正体を理解した。

その痛みは、拭いきれない陰となって、彼の背後にいつも潜んでいたのだ。

――エレンの陰に潜む憂鬱と同じように。

† † †

ラムゼイ公爵家へ戻ってきたのは、まだ日が高いうちだった。

もっとも夏の日は長く、宵の刻が過ぎても、いつまでも明るい。春なら黄昏にさしかかる時刻だった。

行きと違い、エレンたちと一緒に公爵家の馬車に乗ったモーリンは、久しぶりに城の外に出て疲れたのだろう。途中からすぅすぅという寝息を立てて、馬車が大きな音を立てても目を覚まさないほど、ぐっすりと眠ってしまっていた。

「母を城の寝室に寝かせてくるから、君は部屋に行っていてくれ」

ラグナートはエレンだけを新しい屋敷のアプローチで降ろし、自分は馬車を回して、敷地の雑木林のなかへと向かっていった。

（やはり、ぐるりと丘を巡っていけば、あの城に辿り着く道があるのね……）

先日の秘密の庭もそうだが、ラムゼイ公爵家の敷地はエレンが思うよりずっと広い。あるいは、雑木林や建物で覆い隠して、あの城が外から見えないように守っているのかもしれなかった。

エレンから見れば、公爵でいて藩王でもあるという高い身分や、裕福な資産家だと言うことは、羨ましいかぎりだ。

でも一方で、藩王と公爵家の一人娘の子という彼の立場が、傍から見るほど、幸福ではないことはエレンも理解しはじめていた。

† † †

「子どものころはよくわかっていなかった……自分がどういう境遇なのか」

天井が高い夫婦の部屋に戻ってきたラグナートは、ソファに座ってさっきの話の続きをはじめた。

ソファの前のローテーブルには、紅茶とサンドイッチやスコーンなどの軽食がアフタヌーンティー用のスタンドに並べられている。パーティには立食が用意されていたのに、なにも食べないまま帰ってきたことをいまさらながら後悔してしまう。

喉が渇いたエレンは、ラグナートが優雅にティーカップを手に取るのを見て、自分もカップを口に運んだ。

（ああ……おいしい……）

公爵家で出される食事や紅茶はいつもエレンにとってはご馳走《ちそう》だった。

どの料理も舌鼓を打つほど美味《おい》しかったし、彼の藩王国でとれるという茶葉は最高級の紅茶で、極上の香りと味がした。

甘い紅茶が体の奥に染み渡り、エレンは今日初めて、ほっと一息ついた。

ちらりと、ラグナートのほうを盗み見ると、視線を感じたらしい彼がふっと顔を綻ばせる。

（オーガン伯爵の証言から、モーリンがラグナートの母親だということはわかったけど……）

それでも、まだエレンはラグナートに聞きたいことがたくさんあった。

だから、モーリンを城に送っていった彼が戻ってきてくれたとき、心からほっとしてしまった。彼はモーリンのところに留まるのではないかと思うと、我が儘かもしれないが、不安だったのだ。

「子どもの目から見ても、ふたりは仲がいい夫婦だったよ……だから、父がこの国ではどういう立場なのか、初めは知らなかった」

藩王とインド総督の娘。

モーリンが恋に落ちたと言っても、ラグナートの父親に政治的な目的がなかったとは言い切れない。

イギリスの植民地となったインド。

藩王国はそのなかで国としての体裁を許されていたが、植民地におけるインド総督と藩王の力関係は明らかに総督のほうが強かったからだ。

「上流階級の貴族たちは、心ない噂話でさぞ盛り上がったのでしょうね……おふたりの恋の話を好き勝手に解釈して」

社交界に巣くう、美しくも毒々しい人々。

ふたりの恋は彼らの格好の餌食だっただろう。

「僕は……ラムゼイ公爵家の城と庭で育ったし、使用人と自分が違うことはわかっていても、特に気にしていなかった。でも、大きくなるにつれ、社交界とは無縁でいられなくて……」

ラムゼイ公爵家の一人娘の子は、生まれながらに公爵家の嫡子となることが決まっていた。エレンのように末端貴族の子ではない。

公爵というのは王族の縁戚でもあるし、ましてやラグナートの容姿では、どこに行っても目立ってしまう。

まだ少年の時分のラグナートがどんなに好奇の目にさらされたのか。

想像しただけでも怖ろしい。

思わずエレンは、身を震わせていた。

「君の言うとおりだ、エレン。上流階級の人々は、僕を切りつける言葉を容赦なく口にした。母親がインドで寝取られたのだとか、植民地の人間に爵位を与えるべきでないとか……もっとひどいのは……思い出したくもない。父親そっくりの容姿は、この国では異端だ。マハーラージャとしてもてはやされた父親は、覚悟の上だったのかも知れないが……」

頭を抱えるラグナートに寄り添って、エレンは彼の手に自分の手を重ねた。

「ラグナート……あの人たちの非難は、あなたを妬《ねた》んでいるからなのよ。だって、ラグナートの容姿は素敵だもの。公爵家の身分も資産もだけれど、整った体格や彫りの深い顔立ちは誰がなんと言おうと美しいわ。彼らはあなたを見下したいのに、あなたが美しいから、なおさら酷いことを言うのよ」

エレンには噂話に興じる人々の気持ちが少しだけわかる。

美しく着飾っていても、貴族の家計は火の車のことも多いし、己が誇る血筋の顔立ちが整っているとは限らない。

この国の古い血筋はあまり身長が高くないし、ラグナートのように堂々とした偉丈夫は少ないのだ。

その上、自分たちより身分が高く、鉱山を持っていて裕福だなんて。

妬まないわけがないだろう。

「エレン……君のそう言う辛辣なところ、変わってないね……」

くすりという笑いを零されてしまった。

その困ったような微笑みが、少しだけ懐かしい。

学生時代、図書室で同じような話をしては、いつも彼はいまみたいに、くすぐったいような笑いを零していたからだ。

(わたしの言葉を……ラグナートはいつもどんな気持ちで聞いていたの?)

劣等感のせいだろう。

ほかの学友と違い、末端貴族の出で奨学生でもあったエレンは、よく貴族に対して辛辣な言葉を放っていた。主に、ラグナートに愚痴るようにして。

「君の言葉にひそかに救われていたし、楽しんでいた……そのときから、エレン。僕は君に惹かれていた……」

囁くような声がやけに甘い。

とくんと心臓がときめくよりも早く、ラグナートの顔が近づいてきて、エレンの唇に唇を重ねる。

ソファに座ったままの軽く触れ合うだけのキスに、言いしれようもないほど満たされる。

「君はほかの学友といるときは笑っているのに、ひとりで図書室にいるときは、いつも静かだった。なにか物思いに沈んで、『どうかわたしに話しかけないで』と全身で叫んでいるかのようだった……」

鼻の頭に唇を寄せながら、抱きしめられる。ずっと求めていたやさしい腕を与えられて、エレンは硬く凍りついていた心がじわりと溶け出すのを感じた。

身じろぎして鼻を首筋に寄せると、ラグナートの匂いがする。くすんだ香と彼の体臭が入り混じった匂いを嗅いで、エレンは彼の腕のなかで目を閉じた。

「わたしも同じことを思ってた。ラグナートのこと……どこか秘密の匂いがする人だと思って、気になって仕方なかった……」

それが恋だったかどうかはわからない。

誰かを好きになるには、エレンの心は頑なで、友だちを作るのでさえ精一杯の努力だった。

(友だちと恋人と夫婦と——その違いを明確にするものはなんなのだろう……)

彼の腕に抱きしめられながら、エレンはぼんやりと考える。

ラグナートは友だちだと最初に強く思ったせいで、身分違いの相手だという意識を持たずにつきあえた。

でも、エレンのなかで、友だちとは身分差や金銭の話をしないという思いこみが強すぎて、自分の身が破滅したときでさえ、彼に助けを求められなかった。自分の破綻を彼に知らせないことで、彼が永遠の友だちになれる気さえした。

多分、エレンは、友だちという幻想に囚われすぎていたのだろう。

一方で、ラグナートにしてみれば、エレンが自分の破綻を相談しなかったことに傷ついていたのだという。

(確かにラグナートの言い分にも、一理あるわ……)

親しければ親しい分だけ、ほかの誰にも言えない秘密を打ち明けてほしくなる。

エレンも貴婦人のことを知ったときはショックだった。

自分が正式な妻ではないかもしれないと傷ついたのもそうだが、ラグナートがそれを打ち明けてくれないことにも傷ついていたのだ。

――『君は……実家の窮状を僕に隠していて、僕は彼女のことを秘密にしていたかった――僕たちは似たもの同士だな』

本当にラグナートの言うとおりだ。

エレンは彼に嫌われたくなくて、ラグナートはエレンに嫌われたくなくて。

お互いが長年抱えこんだ秘密だけは、どうしても打ち明けることができなかった。

そして、自分が秘密を抱えるからこそ、相手のささいな態度に秘密があるのではないかと疑ってしまったのだ。

自分の心に巣くう闇が、そこに勝手に深い闇を作り出していた。

「母が僕を忘れてしまっても僕は母を愛していたし、当然、彼女を捨てられなかった。けれども、母がいる限り、あの屋敷に花嫁を呼ぶわけにはいかない。だから、君に正式な求婚をするのを迷ってしまった。君が母のことを知ったら、僕から離れていくのではないかと……怖かったんだ……」

ラグナートがエレンの手から手袋を取り、その手のひらにキスをする。

彼の気持ちが、エレンには痛いほどわかった。

「でも、迷っているうちに君が大学からいなくなり、僕は後悔した……だから、君を手に入れるのに迷わないと決めたんだ。君に恨まれようと蔑《さげす》まれようと、絶対に手に入れるって……」

ちゅっちゅっと、まるで詫《わ》びるようにエレンの手にキスの雨を降らせる。

その音は謝るだけじゃなく、「愛してる」「愛してる」と繰り返し囁いているかのようだった。

「ラグナート……わたしも……ごめんなさい。でも、言えなかったの。あのときのわたしはどうしても友だちのラグナートを失いたくなかったの……」

すべてが明らかになったいまとなっては、自分の頑なな態度はなんて愚かだったんだろうと思える。

ラグナートの手が頬に触れ、やさしく愛撫されると、じわりと涙が溢れてくる。

すると、ラグナートは唇でエレンの涙を吸い取り、そのままちゅっ、ちゅっ、と誘いかけるようなキスを目蓋に浴びせかけた。

その意味を、さすがにもう取り違えたりしない。

「エレン、愛してる。君が欲しくて欲しくて、頭がおかしくなりそうだ……僕のかわいいエレン……」

エレンの後れ毛を耳にかけて、露わになった唇も彼の獲物だ。

唇に耳朶を食まれると、エレン体はびくんと跳ねた。

「んんっ、ラグナート……耳、くすぐった……ッ」

心地よさとくすぐったさは紙一重だ。耐えがたいもどかしさに身をくねらせていると、体の芯が勝手に熱を持ってしまう。

エレンの反応で体が疼いたのは知られてしまったのだろう。

ラグナートの手がエレンの腰の敏感なところを撫でると、ずくりと痛いほどの昂ぶりがエレンの腹の奥で蠢いた。

「でも、ねぇ……エレン。僕は君のこと、簡単には許せそうにない……君の秘密は君を破綻させたし、そうなれば、この白い肌をほかの男に許していたのだろうからね」

「んっ、で、でも……あぁっ……！」

エレンが言い訳するのを待つつもりはないらしい。

器用な手つきでドレスの上衣の留め金を外すと、ラグナートはエレンの服を簡単に脱がせてしまった。

いつもいつも、セシリアとほかの侍女が時間をかけて着付けてくれるドレスなのに、彼の手にかかると、脱がされるのはあっというまだ。

エレンはコルセットとズロースだけのあられもない姿にさせられて、ラグナートの膝に座らされてしまった。

「ちょっ、ラグナート……なにをして……」

膝の上から逃れようとすると、彼の力強い腕に阻まれる。

背中から抱きしめられた格好で、ラグナートがくすくすと笑うのを感じた。

「ほら、エレン。お腹が空いてるんだろう？　サンドイッチを食べさせてあげようか」

楽しそうな声を上げてアフタヌーンティー用のスタンドからサンドイッチを手に取ると、エレンの口元へと運ぶ。

「ほら、エレン。あーんして？」

いきなりなにをはじめたのだろう。

（こ、こんなことって……は、恥ずかしいじゃない……ラグナートってば……！）

下着姿で彼の膝に座って食事をするなんて。

いくら部屋のなかとはいえ、受け入れがたいふしだらさだ。

さらに言うなら、ラグナートのほうはフロックコートを脱いでベストを着たままの、きちんとした紳士の態を保っているのもいけない。

娼館で仮面の紳士に処女を確認されたときの状況にそっくりだ。

（白いシャルワーニーを着た姿ならまだしも……）

漆黒の盛装姿を見慣れないだけに、やけに淫靡な魅力を帯びているように感じて、どぎまぎしてしまう。娼館での行為を思い出すたびに、羞恥で耳まで真っ赤に染まり、ズロースの奥でずくりと淫らな疼きが昂ぶる。

なのに、生ハムとチーズのサンドイッチの香りが鼻についた途端、ぐぅっとお腹が鳴ってしまって、抵抗は台無しだった。

体が密着しているから、ラグナートにも聞こえてしまったのだろう。体の下からくつくつという震えが伝わってくる。

「もう……ひどいっ……！　だってお腹空いていたんだから仕方ないでしょ……っ、むぐう！」

エレンが苦情をまくしたてようと口を開いたところに、サンドイッチを突きこまれてしまった。

（く、悔しい……でもおいしい……）

口のなかにうまみが広がり、もう空腹を抑えきれなくなってしまった。

ラグナートに差し出されたサンドイッチにぱくりと食いつく。

「おいしい？　エレン？」

蕩けそうな声で問われて、反射的にこくこくとうなずいていた。

咀嚼したあとでゴクンと飲みこむと、顔をのぞきこまれる。

「マスタードが口についてるよ……子どもみたいだ」

やっぱりくすくす笑いを零しながら、ラグナートは骨張った指先で口元のマスタードを拭ってくれる。

子どもみたいなことを無邪気に笑いながらできるのは、ふたりの間に秘密がなくなったからだ。そのことにエレンは唐突に気づいて、自分もスタンドからサンドイッチを手に取り、半ば無理やりな姿勢でラグナートの口に突き入れた。

「むぐっ……ん。うまい……おい、エレン……びっくりしたじゃないか」

ラグナートはエレンの手からサンドイッチを吸いこむように食べて、十分咀嚼し、しかもエレンの指先をぺろりと舐《な》めた。

「仕返しです。でも、わたしはラグナートの指は舐めなかったわよ?」

それがささやかな仕返しになるのかと言えば、微妙なところなのだが、エレンは虚勢を張って答えた。

たとえ、問題がすべて解決したわけじゃなくても、秘密がないと言うだけで、こんなにも気分が軽くなるなんて。

エレンは知らなかった。

自分の心を憂鬱にしていたのは、自分の劣等感のせいだ。

惨めな自分を認められなくて、親しいラグナートにこそ知られたくなくて、自分の悲観的な未来を秘密に押しこめておきたかった。

その秘密にこそ、自分が憂鬱にさせられているとは夢にも思わずに。

「じゃあ、いまからでも舐めていいよ……はい」

ラグナートはスコーンを割って、そのうちのひとつに蜂蜜をかけると、琥珀色《こはくいろ》の液体に塗れた指先ごと、エレンの口に突っこんだ。

「んんっ、……スコーンも香ばしくて……んっ、甘い。この蜂蜜、さらりとしていておいしい」

蜂蜜は花の種類によって味が違うのだが、この蜂蜜はエレンが食べたことがない味だった。

「そうか？　ん……これはマロニエの蜂蜜かな？」

ラグナートは片方の手に蜂蜜がけのスコーンを持ち、もう片方の手についた蜂蜜を舐めている。

「もう……ラグナートってば、まるで食いしん坊の子どもみたい」

ベストを着た、まだかっちりした格好でスコーンを頬張《ほおば》る姿が妙におかしくて、エレンは噴き出してしまった。

こんなささやかな日常が愛《いと》おしい。

なんのわだかまりもなく微笑むラグナートを見ているだけで、自然と胸の奥が熱くなってくる。

エレンは体を回して、ラグナートの首に抱きつくと、上目遣いにラグナートを眺めた。

その誘いの意味は、違わずに彼に伝わったらしい。

意味ありげに瞳を燦めかせたラグナートは、首をわずかに傾けて、長すぎる睫毛を俯せた。

「ん……ぅ……ふぅ、ん……」

唇を重ねて、下唇を唇で食まれて、わずかに離れてまた押しつけられる。蜂蜜を舐めたばかりだからだろう。キスの味がやたらと甘ったるい。

キスを繰り返すうちに、わずかに開いた唇の合わせから肉厚な舌を挿し入れられ、口腔を蹂躙されてしまった。

どちらともつかない唾液を喉で嚥下しながら、体を次第にラグナートに寄せていく。

しばらく離れていたところに欲望を掻き立てられ、もう限界だった。

キスに満たされたあとは、体の空隙を満たしてほしい。

エレンの声にならない言葉を察したのだろう。

ラグナートがエレンの背に手を回して、コルセットの紐を解くと、ゆるんだコルセットから双丘がまろび出た。

張りのある乳房を揉みしだかれると、エレンの腰がラグナートの太腿の上でびくんと跳ねる。指先で赤い蕾をくりくりと弄ばれるうちに、下肢の狭間は熱っぽく潤み、太腿を擦り合わせたい心地に襲われる。

「まだキスしかしてないのに、この胸の先はこんなにいやらしくツンと尖って……食べていいってことかな？」

ラグナートはエレンの体をソファに押し倒すと、胸の先に舌を這わせた。

「うぅ、い、言わないで……ひゃ、あぁんっ……あっ、あぁん……あっ、あっ……！」

すでに敏感になっていた乳頭は、ぬめりを帯びた舌先でつつかれるだけで、鋭い愉悦をエレンの体に引き起こす。

たまらずに、鼻にかかった嬌声が零れた。

左の胸の先を舌で嬲られ、右の胸の先を指先で擦られ、びくんびくんと半裸の身体が跳ねる。

「ひゃう……あぁ……嘘……まだ、あぁん……ッ！」

ぞくぞくと背筋に愉悦の波が走ったかと思うと、エレンの体は早くも絶頂を貪っていた。

薄紅色に染まった肌が熱く火照り、全身が性感帯になったかのような錯覚に陥る。

心地よくて、頭の芯が甘く痺れて。

（ラグナートの指先に……溺れてしまいそう……）

久方ぶりに味わう快楽に陶酔させられてしまう。

頭のなかで真っ白な光が弾けて、わずかの間、ぼんやりと心地よさに浸っていた。

その間に、ラグナートは自分のベストを脱ぎ、タイを外して、シャツのボタンをすべて外していたようだ。次に、ぱさり、と軽いなにかが床に落ちた音で、エレンのズロースも脱がされていたことに気づいた。

「んっ、ラグナート……ン、あぁ……ひゃ、あん……！」

膝を立てられたところで、下肢の狭間に顔を寄せられていた。

さっきは胸の先を弄んだ舌先で、淫唇を辿られ、柔らかい触手のような感触にぞくぞくという震えが湧き起こる。

「んっ、エレンはここを舐められるのが好きだな……ほら、ここをつつけば……またいやらしい蜜が溢れてくるぞ……いやらしい体だな……」

「わたし、いやらしくなんか……ひゃんっ、あっ、あっ……やぁ、そこ、舌ぁ……あぁんっ」

酷く感じる場所を、触れるか触れないかのやわらかさで愛撫され、エレンの腰は悩ましく揺れた。

激しく触れられるよりも、掠めるように触られるほうが体の反応は激しいのだと、ラグナートに抱かれるようになって、エレンは初めて知った。

ラグナートの舌先は、いつもエレンの性感帯を執拗に、でもやさしく侵して、じわじわとエレンの感覚を蹂躙していくのだ。

しかも、十分なほどゆったりと快楽を引き出されたあとで、ちゅるっと淫唇を吸い上げられて、その刺激の変化にも腰がびくんと揺れる。

「は、ぁ……あぁ……」

ラグナートの熱い吐息を淫唇に感じて、その撫ぜるような吐息の愛撫にも感じさせられて、エレンの赤い唇からも、熱っぽい息が零れた。

太腿の内側は、淫唇とは別の意味で感じやすくて、彼の柔らかい黒髪が触れるのももどかしい。

舌が淫唇から離れ、膣道の奥がひゅっと収縮したあとで、太腿の柔肉をきつく吸い上げられる。

吸い上げられた痕がついたことは、見るまでもなくわかった。

ラグナートの指先が陰毛を掻き分けるように撫でて、さらに淫唇に近いところまでも吸い上げられてしまう。

「エレンの体のどこもかしこも僕のものだから、その証を刻みつけておかないとね……」

そう言って、尻肉を掴まれて、もう片方の太腿にも彼の証をつけられる。

「君の白い肌に赤い花が散ったみたいで……綺麗だ。エレン」

ため息交じりの声も衣擦れの音も、まるでそのひとつひとつが媚薬《びやく》のようにエレンの頭の芯を蕩かせていく。

ラグナートの体が動いて、ぎしりとソファに軋んだ音を立てるのさえ、肌に刺さるようだ。

たまらずに、自由になるほうの足をラグナートの足に絡ませると、まだトラウザーズを穿いたままの彼の足にも感じてしまい、たまらずに肌が総毛立った。

「ラグナート……トラウザーズ……いや……肌にざらざらしたのが当たって……」

気持ち悪いのに心地いい。

肌を愛撫されて性感を掻《か》きたてられると、もったいつけられた分だけ、あとから激しく乱れてしまうのだ。

それがわかっているからなおさら、もっとこうして足を絡ませて、もどかしい時間をたっぷりと味わっていたい。

頭の芯にとろとろの蜂蜜を流されたみたいに恍惚とさせられる時間に溺れてしまいたい。

吐息混じりのエレンの掠れた声には、そんな欲望が入り混じってもいた。

「トラウザーズに肌が擦れるのは嫌なのに、ソファで抱かれるのはいいのか。エレンは寝室じゃないところで抱かれるのが好きなんだな」

からかうような声で言われ、さっと耳まで熱く火照った。

書斎で抱かれたときに、エレンが激しく乱れたことを言っているのだろう。思い出すだけで、頭の芯まで茹《ゆ》だってしまいそうだ。

大学の図書室を思い出させる書斎で、本に囲まれながら抱かれると、してはいけないことをしているようで、ぞくぞくと震え上がるような愉悦に襲われてしまうのだ。

いまも同じ。夫婦の交わりは一族の繁栄に必要なことかもしれないが、ここは寝室じゃない。物音を立てれば、呼ばれたのだと誤解して使用人が御用聞きに来るかもしれないし、瀟洒なソファを淫蜜で汚してしまうかもしれない。

なのに、してはいけないと思えば思うほど、エレンの体はぞくぞくと感じてしまうのだった。

禁欲的で優等生だったエレンはどこに行ってしまったのか。

（ああ……でも。でも、どうして……やってはいけないことというのは、なんでこんなにも魅力的なの……？）

ささやかな背徳感に酔わされる快楽をエレンは知ってしまった。理性では認めたくないけれど。

「ラグナートの……いじわる……」

じわりと目頭が熱くなり、潤んだ目でラグナートのつむじを睨みつけた。

下肢の狭間に倒れ伏すように笑われていたから、やわらかい黒髪のつむじくらいしか見えなかったからだ。

でも、それも悪くないと思えるから不思議だ。

背が高い彼のつむじをこんなふうに眺めるのは、妻であるエレンだけの特権だ。

そう思うと、彼のやわらかい黒髪に触れたくて、エレンは思わず、手を伸ばした。

髪をかき混ぜる感触に気づいたのだろう。ラグナートがふっと体を起こした。

エレンと視線を絡ませて、思惑ありげに瞳を閃かせる。

その色香を帯びた視線に、とくんとエレンの心臓が甘く跳ねた。

ラグナートははだけたままだったシャツを脱ぎ、トラウザーズも脱ぎ捨てて、床に落とす。

カフスボタンを外し、はち切れそうになっている前を寛げる、その服を脱いでいく仕種さえ、いちいち様になっていてどきどきする。

白いシャツが映える浅黒い肌が次第に露わになっていく様は、凄絶な色香を帯びて、エレンを誘っていた。

「あ……」

生まれたままの姿になったラグナートに、あらためて膝を抱えられると、それだけで膣道が収縮して、期待に疼く。

「すごい……エレンのここが濃厚に匂って、この匂いだけでイってしまいそうだ……」

ラグナートの屹立は見たことがないほど大きく膨らんで反り返り、怖いくらいだ。

その切っ先を蜜壺にあてがわれると、期待なのか畏れなのか。

エレンの腰が、びくんと大きく跳ねた。

「ふぁ、あぁ……ンあ……は、ぁあんっ……ぅあ……ひゃ、あぁっ」

(あんなに大きいの、無理。絶対に入らないと思っていたのに……)

実際にはそうではなかった。

濡れそぼった蜜壺は凶暴なまでの肉槍をわずかな痛みだけで受け入れてしまった。

ずぷずぷと、体の奥を割り開かれる感触が、怖いのに心地いい。

たまりかねて、もっと奥へ奥へと膣道が蠕動するのを感じた。

「すごいな……エレンの膣内《なか》がまるで食らいついてくるみたいだ……気持ちよくて、ずっとこうしていたいのに……くっ」

一度、根元近くまで肉槍を引き抜かれると、まるで彼のそれを放したくないと言わんばかりに、膣壁が引き攣れる。

その感触が苦しいのに、膝をさらに大きく開かれ、肌を打ちつけるようにして肉槍を挿し入れられると、エレンの体はびくびくと快楽に跳ねた。

どうやら苦しさと快楽は同時に体を侵すことができるらしい。

そんなことを考えていられたのは、一瞬だった。

腰を打ちつけるラグナートの動きが速くなり、その律動に合わせて、エレンの紅の残る唇からはひっきりなしに短い嬌声が零れる。

「ひゃ、あぁ……ンンッ……あっ、あぁん……あっ、あっ……！」

自分のなかから湧き起こる欲望があまりにも激しくて、まるで快楽の暴風雨にさらされているかのようだ。

ぐぱん、と粘ついた水音が上がるたびに、エレンの双丘も揺れ、その振動にも感じさせられて、胸の先がきゅっと勝手に立ちあがってしまう。

自分でも浅ましいまでに淫らな姿だと思った。

（でも、いいわ……惨めでも欲深くても……もう秘密はいらないもの……）

秘密はまるで蜜のように魅惑的で、それでいてエレンとラグナートの心を疑念に駆り立てていた。

いまはもう、秘密のないしあわせを知ってしまった。

背徳的な愉悦より満たされた陶酔のほうが心地いいと気づいてしまった。

だから、エレンは快楽に堕ちる自分をラグナートの前に晒すのも、もう怖くなかった。

「ラグナート……ンあぁっ、わたし、もう限界……は、ぁあ……欲しい、の……お願い……ンひゃうっ」

甘えた声で我が儘を口にすると、ラグナートが怜悧《れいり》な眼差《まなざ》しを大きく瞠る。

でもそれはほんの一瞬のことで、次の瞬間には、エレンの片手をとり、ちゅっと手の甲にキスをした。

了承のキスだ。

「いいよ……エレン。お望みどおりにたっぷり君のなかに精を出してあげる。気持ちよく快楽に溺れてしまえ……僕のエレン……」

こくりとエレンは小さくうなずいた。

ラグナートの低い声はエレンの頭を甘く痺れさせる。

その声をもっと聞きたくて、でも腰を打ちつける肉槍の激しさに意識が吹き飛びそうで。

震え上がるような愉悦が頭の天辺から爪先までを駆け抜けて、エレンの頭のなかは真っ白になった。

ぶるりと肉槍が膣道で震えて、白濁とした精を吐き出す。

その温もりを感じながら、エレンの意識はふぅっと快楽の波に呑みこまれてしまった。

「かわいいエレン……世界中の誰よりも愛してる……もうずっと手放しはしないから……覚悟

しておけ……」

大好きなラグナートの声がとびきり甘い言葉を囁く。

その声を聞きながら、

「わたし……も……愛してる、ラグナート……」

掠れた声で答えると、エレンは小さく微笑んだ。

体は快楽に堕ちて、ふたりの間から秘密は消え、ここからラグナートとエレンの新しい生活がはじまる。

そう思うと、辛いことがあるにしても、やっぱりしあわせな気分がこみ上げて、口元がゆるまずにいられなかったのだ。

「ラグナート……大好き……キス、して……」

ぼんやりとした声で囁くと、目蓋が急に重たくなり、視界が暗くなる。

なのに、唇に触れた温かい感触だけは、はっきりと覚えていたのだった。

# エピローグ　ラムゼイ公爵家の家族のかたち

寡黙な人が好きだった。

図書室の陰に身を隠すように、ひっそりと佇《たたず》む彼が。

でも、彼が沈黙を纏う理由を知ってしまったいまとなっては、自分がラグナートに惹かれた理由もよくわかる。

「僕たちは自分たちが思っていた以上に、あの場所で異端だった……その異端さが僕たちを大学の図書室で巡り合わせたのかもしれないね……」

そう呟く彼の声は、ときおりひどく傷ついていて、そういうとき、エレンは彼の彫りの深い顔に手を伸ばして触れる。

すると彼は少し、儚げな微笑みを浮かべて、エレンの唇に、ちゅっと啄むようなキスを落とすのだった。

彼の抱えていた秘密は、彼を『訳ありの客』にしていた理由は、本当のところ、モーリンのことだけではなかったのだろう。

いつだったか、ラグナートは書斎でエレンを抱き寄せながら、心の裡を話してくれたことがあった。

「イギリスにいれば、この肌の色は人目を引くし、藩王国では英国人の子だと、裏切り者扱いされる……僕はどこに行っても異端者だ……」

「ラグナート……」

苦しげな告白を聞くと、つきんとエレンの心も痛んだ。

彼の腕のなかで無理やり体を捩り、その痛みを分かち合うように、ラグナートの首に抱きつく。

「わたしはあなたに買われた身ですからね。ラグナートがどこに行こうと、ずっとあなたのそばにいるわ……」

そう言ってエレンから、彼の唇にキスをする。

憂鬱に沈んでいた記憶があるからこそ、ラグナートの苦悩がよくわかる。

自分の背後にいつも潜んでいたもの。

劣等感や頑なな心。できるだけ見ないようにしていた、自分より恵まれたものたちへの妬みや嫉《そね》み。

（長年、わたしを拗くれさせていたあの影との鬼ごっこも……無駄ではなかったのだわ……）

そう思うと、辛かった実家での思い出もいくらか慰められるのだった。

実家とはそのあとも連絡をとっていない。

でも、ラグナートはエレンのために弟を支援してくれているようだった。

（いつかディオンには手紙を書こう……）

弟が両親からなにをどう聞かされているかはわからないが、エレンの身に起きたことを弟にも知らせておくべきだろうと、すべてが終わったあとだからこそ、思えるようになっていた。

† † †

——それから五年。

ラムゼイ公爵家の朝は子どもの叫び声で始まる。

「ローゼリィ、どこに行ったの？　ルシアン、そのスリッパは食べちゃダメ！」

きゃあきゃあとはしゃぐふたりの子どもを相手に、エレンは悲鳴を上げっぱなしだ。

長女のローゼリィは歩き出すのが速くて、四才になったいまではまったく目が離せない。

一方で、一才年下のルシアンは好奇心旺盛で、目に入るものすべてを口に入れたがる悪癖があった。

　こちらもうっかりすると、なにか呑みこんでは苦しんでいるから、片時も目を離せない。乳母もいて侍女もいるというのに、エレンは子どもたちがなにをしでかすかと気を張っていて、夜になるとぐったり疲れてしまうほどだった。

「こら……ロージィ。お母さまを困らせちゃダメだろ。そこでストップだ。立ち止まって」

「はぁい」

　エレンとは違い、ローゼリィは父親が大好きなようで、ラグナートが言い聞かせると、エレンが言うよりも素直に聞く。

「先が思いやられるわ……」

　エレンは頭を抱えて、ため息を吐くのだった。

　ローゼリィはラグナートに似た黒髪に白い肌。

　ルシアンは浅黒い肌にエレンと同じ灰金色の髪。

　ふたりの子どもはまるで光と影のように、正反対だった。

「ロージィ、ほら、お祖母《ばあ》さまのところに行くわよ。バスケットを持って」

　エレンはそう言って、子どもたちを屋敷の裏手に続く庭へと追い立てた。

　かつてエレンが誘いこまれ、打ちのめされたこともある秘密の庭だ。

谷間の庭は庭師の手によってあいかわらず美しく整えられており、家族しか楽しめないのがもったいないぐらいだ。

もっともエレンが強く勧めたおかげもあり、オーガン伯爵とは親戚付き合いを続けており、彼とその息子夫婦が訪れてくることもあった。

いまは薔薇が最も美しい季節で、花壇は初夏の花とハーブで調えられていた。

ゆるやかな庭を下っていくうちに、蔓薔薇《つるばら》のアーチが出迎え、子どもたちは大喜びだ。

あまりにも美しすぎて、アダムとイヴが暮らす楽園のように、危険な蛇が棲《す》んでいるのではないかと、かつてエレンが畏れた庭。

いまでもふっ、と振り返れば、植えこみの陰から美しく無邪気な貴婦人が現れて、エレンを憂鬱に引きずりこむような、そんな錯覚に陥る。

でも、そんなとき、ラグナートはいつも、エレンの視線が彷徨った瞬間を捕らえて、すばやく手を取ると指を絡めて握りしめるのだった。

「ラグナート……」

「かわいいエレン、ここにはもう君が畏れるものはなにもない。昔のようにひとりで思い悩むのは許さないよ」

ラグナートは繋いだエレンの指を持ち上げて、ちゅっとキスすると、傲慢な微笑みを向けてきた。

ときどきラグナートは、支配者めいた顔をして、エレンの心臓の鼓動を勝手に速めてしまうのだ。

穏やかな笑みを浮かべた彼も好きだが、支配者然とした嗜虐的な笑みにも弱い。

エレンをからかうときの、凶暴な魅力にひそかに参っていることは、彼には秘密だ。

（だってラグナートに知られたら、もっと酷い目に遭わされるに決まってるんだから……）

ささやかで無害な秘密は、でもときおり彼に知られているような気がしないでもない。

子どもたちの目に入らないところで、すばやくエレンの唇を奪うときのラグナートの危険な眼差し。

その眼差しは、なにかあれば夜に体に教えこんでやろうと、彼が手ぐすね引いて待ち構えていることを告げていた。

「その子どもはなに？　お客さまなの？」

騒ぎを聞きつけて、城から出てきたのだろう。

庭のゆるやかな階段を一段ずつ下りてきて、モーリンは小首を傾げた。

彼女の時間は昔のまま止まっていて、それ以降に起きたことや、新しくやってきたエレンのことは、何回教えても覚えてくれなかった。

それでもエレンは、子どもたちを彼女のところへ連れて行く。

何回会っても名前を覚えてくれない貴婦人を、

「あなたたちのお祖母さまなのよ」

と教えて、週に一回はみんなで訪ねていくことにしていた。

「お祖母さま、私、ローゼリィ。ロージィって呼んでね。今日のミートパイは、私のリクエストなの」

娘は美しい彼女に興味があるのだろう。モーリンが城から出てくるといち早く駆け寄り、外のテラス席でバスケットを開けようと誘うのだった。

ふたりが寄り添う姿を見ると、エレンはほっとしてしまう。

そのあとで、庭を横切る蟻《あり》の群れに気をとられ、足を止めたルシアンに気づくのが常だった。

「ルシアンは……虫の研究者にでもなるかもね……」

蟻を口に入れる間一髪でエレンは彼を抱きあげた。

「蟻は酸っぱくておいしいのに……」

まるでおやつを取り上げられたと言わんばかりに、ルシアンが唇を尖らせる。

その拗ねた顔は年相応なのに、彼の言葉遣いや態度には、なみなみならない才気を感じる瞬間があるのだった。

（わたしを大学にやるように進めてくれた父の友だちも、こんな気持ちだったのかしら？）

ルシアンの才能の片鱗《へんりん》に触れたとき、この子は社交界よりも学問の世界に触れさせるほうがいいかもしれないと考えてしまうのだった。

（大学のほうが……彼の特異な容姿が気にされないかもしれないし……）

浅黒い肌に灰金色の髪という組み合わせは珍しい潜性遺伝だ。

ラグナートが好奇の目にさらされたように、彼も社交界では噂の的にされるだろう。

目下のところ、その瞬間までに彼の心を鍛えるのがエレンの目標だ。

（と言っても、ルシアンは気にしないかもしれないけど……）

子どもというのは、ときに親が考えるよりもしたたかで、親が悩んで悩んで苦しみ抜いた道と同じ道を歩くとは限らない。

ローゼリィにしてもそうだ。

彼女はモーリンが名前を覚えないことや、いつもどこかぼんやりしていることも受け入れていて、それでも話しかけることをやめない。

それはささやかでいて、ラムゼイ公爵家の長い歴史のなかでは革命に等しい偉業なのだった。

「そういえば……ラグナートも小さなころはこんなにうるさい子どもだったわね……」

サンドイッチを頬張りながら、モーリンはぽつりと呟いた。

それはあまりにも自然な言葉で、エレンにしてみれば気にも留めない言葉だった。

でも、長年母親の面倒を見ていたラグナートには、その言葉がいつもと違うことがわかったらしい。

「ええ……お母さま。いつも一緒にこの谷間の庭をかけっこしましたね。あなたは意外と足が速くて、僕はいつも二番目だった……」

「そう……そうだったわね……わたしのラグナートと小さなラグナートと……この庭でよく遊んだわね……」

「ええ……ええ、モーリン……」

ラグナートの様子がおかしいと思ったときには、彼は涙を流していた。

ゆっくりと少しずつモーリンの心は癒やされていて、ときおりふっと思い出したように、ラグナートのことを自分の子どもだと思い出すのだ。

「お父さまはなんで泣いているの？」

「しぃっ、ロージィ。おとなだって見られたくないことがあるんだよ」

年下のルシアンのほうが妙に大人びたことを言うときがあって、末恐ろしい。

でも、初夏の、百花繚乱《ひゃっかりょうらん》の庭に吹きぬける風は心地よくて、エレンはラグナートの頭を抱きしめたまま、黙っていた。

そっとラグナートの濡れたまなじりに唇を寄せ、涙を唇に含んだ。

ラグナートの手がエレンの肩を抱いて、お返しのように唇にキスを落とす。

そのキスは少しだけ塩辛くて、それでいてとびきり甘い、しあわせの味がしたのだった。

# あとがき

こんにちは、もしくははじめまして。藍杜雫《あいもりしずく》です。

乙女系小説としては二十四冊目、蜜猫文庫では四冊目の本になります。

褐色イケメンヒーロー×性格のちょっと拗くれたヒロインのお話になります。

結婚したら相手には秘密がある様子で……と疑うお話って新婚ものとしては王道だと勝手に思っております！

大事！　王道！　※編集さんのチェックに怯えながら。

元々は友だちだった彼に買われて複雑な気持ちになりながらも、甘やかされて、快楽に溺れさせられて……。

(どうしよう。こんなに気持ちよくて……怖い……)

ザ・快楽墜ち・乙女小説バージョン。みたいな気持ちで楽しく書きました。

一見そうは見えないかも知れませんが、わりとエロティシズム濃いめかと思います。

それとは別に褐色イケメンヒーローいいですよね。

なにがいいって白い服が似合うのがいい！　と思ってシャルワーニーにしたのですが、棒ゲームでたまたま褐色イケメンが出てきて、やっぱり黒もよかったかな？　と迷いました。
どちらも美味しいと思います（きっぱり）
余談ですが、褐色イケメンヒーロー書くのは地味に二回目でした。
他社さんですが、「過保護な軍人皇帝の逃げた花嫁（ティアラ文庫）」です。（宣伝宣伝）
それで、今回は少し変えてヒーローの髪を黒にするか金髪にするかでさんざん迷って、やっぱりまた黒になりました。その迷いがラストのほうに入り混じってる（笑）
あと、ヒロインに尽くすタイプのイケメンが、ヒロインに形ばかりの拒絶をされて豹変しちゃうシチュエーションとか、大変いいな！　と思います。
わりと珍しくそんなにラブコメじゃないというね……。
次は絶対ラブコメじゃなきゃ嫌！　という方がいらっしゃいましたら、ぜひぜひ巻末の編集部宛に一言お寄せください（笑）　藍杜のサイトのメールフォームでも構いませんが。
もともと自分としても、ラブコメとそうじゃないものと、幼馴染みものとそうじゃない話を交互くらいに書いていたのですが、いつからこんなにラブコメ全盛になったんだろう（笑）
自分でもたくさん書いておいてなんですが（ここはツッコミどころです）
今回みたいに視点の狭い文章ってあまり得意じゃないので滅多に書かないのですが、（多分、他は「軍師の飽くなき渇愛（ティアラ文庫）」くらいかも？）これはこれで楽しんでいただけたら幸いです。

あ、初めての方はよかったら既刊もよろしくお願いします！

「戦神皇帝の初夜 姫は異教の宴に喘ぐ」エロ推し（素直）。

「聖爵猊下の新妻は離婚しません！」聖職者ヒーロー

「聖爵猊下とできちゃった婚!? これが夫婦円満の秘訣です！」聖職者ヒーロースピンオフになります。

イラストはなまさま。ラグナートがかっこいい！ 寝間着がかわいい。素敵なイラストをありがとうございました。原稿を辛抱強く待ってくださった担当様。素敵な表紙に仕上げてくださったデザイナー様、いつも本を置いてくださる書店様、扱ってくれる電書ストア様。この本に関わってくださった皆様にお礼申しあげます。いろんな手を経て読者様にお届けできてます。お手にとってくださった読者様、ありがとうございました。

いつも読んでくださっているまさにあなたのおかげで、また本を出させていただくことができました。感謝です！

またどこか別の本でお会いできますように。

体力作り継続中！　藍杜雫〈http://aimoriya.com/〉

Mitsuneko Label

蜜猫文庫をお買い上げいただきありがとうございます。
この作品を読んでのご意見・ご感想をお聞かせください。
あて先は下記の通りです。

〒102-0072　東京都千代田区飯田橋 2-7-3
(株)竹書房　蜜猫文庫編集部
藍杜雫先生 / なま先生

# 麗しの公爵の蜜愛の箱庭
## ～友達だった彼が夫になったあとで～

2019年6月29日　初版第1刷発行

著　者　藍杜雫 
発行者　後藤明信

発行所　株式会社竹書房
〒102-0072 東京都千代田区飯田橋 2-7-3
電話　03(3264)1576(代表)
03(3234)6245(編集部)

デザイン　antenna

印刷所　中央精版印刷株式会社



Printed in JAPAN
ISBN978-4-8019-1918-1　C0193
この作品はフィクションです。実在の人物・団体・事件などには関係ありません。

藍井 恵
Illustration サマミヤアカザ

# 元帥公爵に熱望されて結婚したら、とろとろに蜜愛されたけれど何か裏がありそうです!?

## 今日は徹底的に気持ちよくしてやろう

伯爵令嬢アメリアは、嫁き遅れて修道院に入る予定だったが、武勇で名高い元帥公爵、ランドルフに突然プロポーズされ、彼に嫁ぐことになる。地位も財産もあるランドルフに望まれる理由がわからず、困惑するアメリア。「気持ちいいと思う心はいやらしくなんかないんだよ」自己評価の低い彼女にランドルフは辛抱強く愛を教える。彼に惹かれていくアメリアだがランドルフの求婚の理由は彼女の絵の才能を見初めたためだと知り!?